D0727143

COLLECTION FOLIO

BIRKBECK
LIBRARY
COLLEGE

Nathalie Sarraute

Vous
les entendez?

BIRKBECK LIBRARY COLLEGE

WITHDRAWN

Gallimard

© Éditions Gallimard, 1972.

Dans une maison de campagne, le maître de maison et un ami, venu en voisin passer un moment après le dîner, sont assis l'un en face de l'autre de chaque côté d'une table basse. Sur cette table est posée une bête de pierre que le voisin a prise sur la cheminée et placée là pour mieux l'admirer.

Les fils et les filles de la maison, après avoir poliment pris congé, sont montés se coucher. Leurs rires traversent la porte fermée, se prolongent, reprennent, encore et encore...

Alors que se passe-t-il?

Rien qui puisse être transmis autrement que par le texte même.

Rien aux yeux des lecteurs pour qui ce texte restera lettre morte.

Mais peut-être celui qui voudra bien l'aider à vivre y percevra-t-il quelques mouvements qui, pour avoir une origine en apparence si dérisoire et pour croître dans la clandestinité, n'en ont pas moins de force, d'ampleur et de gravité que ceux, reconnus, bien établis et pleins d'importance, qu'on a l'habitude de voir se déployer au grand jour.

Ce livre où une même substance circule librement, n'obéissant qu'à sa propre exigence, entre des consciences sans frontières, entre le pré-dialogue et le dialogue, entre le « réel » et « l'imaginaire », constitue une nouvelle étape sur le long et lent parcours que Nathalie Sarraute a entrepris de suivre depuis son premier ouvrage, *Tropismes*.

Soudain il s'interrompt, il lève la main, l'index dressé, il tend l'oreille... Vous les entendez?... Un attendrissement mélancolique amollit ses traits... Ils sont gais, hein? Ils s'amusent... Que voulez-vous, c'est de leur âge... Nous aussi, on avait de ces fous rires... il n'y avait pas moyen de s'arrêter...

— Oui, c'est vrai... Il sent comme ses lèvres à lui aussi s'étirent, un sourire bonhomme plisse ses joues, donne à sa bouche un aspect édenté... c'est bien vrai, nous étions comme eux... Il ne faut pas grand-chose, n'est-ce pas? pour les faire rire... Oui, ils sont gais...

Tous deux la tête levée écoutent... Oui, des rires jeunes. Des rires frais. Des rires insouciants. Des rires argentins. Clochettes. Gouttelettes. Jets d'eau. Cascades légères. Gazouillis d'oiselets... ils s'ébrouent, ils s'ébattent... Aussitôt restés entre eux ils nous ont oubliés.

Oui, des rires clairs, transparents... De ces

rires enfantins et charmants qui passent à travers les portes des salons où les dames se sont retirées après le dîner... Amples housses de chintz aux teintes passées. Pois de senteur dans les vieux vases. Des charbons rougeoient, des bûches flambent dans les cheminées... Leurs rires innocents, mutins, juste un peu malicieux, fusent... Fossettes, roseurs, blondeurs, rondeurs, longues robes de tulle, de dentelle blanche, de broderie anglaise, ceintures de moire, fleurs piquées dans les cheveux, dans les corsages... les notes pures de leurs rires cristallins s'égrènent... Elles s'amusent... Vous les entendez?

Les gentlemen assis autour de la table tapotent leurs vieilles pipes culottées, sirotent leur brandy... Tant d'enfances insouciantes ont déposé ici ces épaisseurs de sécurité, de candeur sereine. Ils se parlent à voix basse et lente, ils se taisent un instant pour écouter...

Oui, ils sont gais, c'est de leur âge, Dieu seul sait ce qui peut les faire rire... rien, absolument rien, rien qu'ils puissent dire, si peu de chose suffit, les choses les plus bêtes, un seul mot quelconque et les voilà qui partent, impossible de se retenir, c'est plus fort qu'eux.

Ils étaient fatigués pourtant... si las... la

journée a été longue, l'air de la campagne, l'exercice... Ils portent la main à leur tête, ils tapotent leur bouche qu'un bâillement discret entrouvre, ils se lèvent sur un signe échangé entre eux... Un signe à peine perceptible... Non, aucun signe... Si, pourquoi pas? Le moment est venu, n'est-ce pas, où il n'est pas impoli de prendre congé?... et ils montent... Le vieil ami venu en voisin pour bavarder un peu après le dîner les suit de son regard placide.

Ils sont seuls maintenant, assis l'un en face de l'autre. Sur la table basse, les bouteilles et les verres ont été écartés pour faire de la place à la lourde bête de pierre grumeleuse que l'ami a prise sur la cheminée, transportée avec précaution et posée là, entre eux. Son regard, sa main caressent avec respect, avec tendresse, ses flancs, son dos, son mufle épais...

Ce qui sort de là, ce qui émane, irradie, coule, les pénètre, s'infiltre en eux partout, ce qui les emplit, les gonfle, les soulève... fait autour d'eux une sorte de vide où ils flottent, où ils se laissent porter... aucun mot ne peut le décrire... Mais ils n'ont pas besoin de mots, ils n'en veulent pas, ils savent qu'il faut surtout ne laisser aucun mot s'en approcher, y toucher, il faut veiller à ce que les mots choisis avec soin, triés sur le volet, des mots décents, discrets, se placent respectueusement à distance : Vraiment, vous avez là une pièce superbe... Oui, il y a de ces coups de hasard, de ces coups de chance... Une fois, je me rappelle, j'étais en mission au Cambodge, et chez un petit brocanteur... au premier abord j'ai pensé... et puis, figurez-vous, en y regardant de plus près...

Les rires maintenant se sont arrêtés. Il a tout de même fallu aller se coucher. On ne peut pas prolonger toute la nuit ces bavardages... sur quoi? Comment imaginer tant de futilité, de frivolité?... Mais c'est fini, ils se sont séparés, ils se sont enfermés chacun dans sa chambre, ils se sont tus enfin... plus rien... et on dirait que l'air est devenu tout léger, c'est une sensation de délivrance, de liberté, d'insouciance... il étend la main à son tour et la pose sur la pierre rugueuse... Elle a, c'est vrai, une espèce de... de densité... je suis heureux que vous aussi... Il y a des gens qui trouvent...

Et voilà que ça recommence... doucement... par poussées légères... de brèves saccades... cela perce à travers la porte fermée, cela s'insinue... L'autre, en face, pourtant continue calmement à parler... Peut-être ne le perçoit-il plus? Ou peut-être l'entend-il comme on entend des bourdonnements de mouches, des stridulations de criquets... Cela s'arrête... Reprend... Ne dirait-on pas vraiment qu'on est en train prudemment de forer?...

Mais ici on est protégé. Quels instruments puissants ne faudrait-il pas pour percer, pour lézarder ces parois épaisses derrière lesquelles ils se sont abrités, avec ça posé là, entre eux... Une drôle de bête, n'est-ce pas? Sa main suit ses contours, flatte ses flancs lourds... Je me demande ce que c'est... peut-être un puma, mais pourtant... non, elle ne ressemble à rien... Voyez ces pattes et ces énormes oreilles en forme de conques... c'est une bête mythique plutôt... un objet religieux... personne n'a jamais pu me dire...

Des rires argentins. Des rires cristallins. Un peu trop? Un peu comme des rires de théâtre? Non, peut-être pas... Si, tout de même, on dirait qu'il est possible de déceler... Mais non, voilà une légère explosion, de celles qu'on ne peut pas empêcher... Oh tais-toi, arrête, tu me feras mourir, je n'en peux plus, on nous entend... Mais regarde-le... ha, ha, oh regarde, il est désopilant... N'importe quoi leur suffit...

Rien, moins que rien... des bêtises... des enfantillages...

Rien qui puisse nous atteindre et nous faire vaciller, nous, si robustes et droits, si bien plantés... Nous poussés parmi les pois de senteur, les pots de géraniums et d'impatiences, les percales fleuries, les cretonnes blanches, les vieilles servantes dévouées, les cuisinières aux faces luisantes de bonté, les grand-mères aux coiffes de dentelle, faisant boire une gorgée de vin aux poussins nouveau-nés...

Mais non, pas besoin de pois de senteur, de poussins, de grand-mères. Qu'on prenne n'importe qui, qu'on cherche sur toute la surface de la terre, on ne trouvera personne parmi les moins protégés, les plus abandonnés, les plus inquiets, méfiants, tremblants, qui pourrait... qui pourrait ou qui voudrait?... Pourrait ou voudrait?... peu importe... qui pourrait ou qui voudrait percevoir dans ces rires... Mais comment le pourrait-il? Qui, sans être préparé... qui sans être entraîné aurait pu... quand avec son air d'assurance paisible le vieil ami s'est approché de la cheminée, a tendu la main et caressé... qui aurait pu percevoir la menace, le danger, le branle-bas, la fuite désordonnée, les appels, les supplications... Non, pas ça, ne le faites pas, n'y touchez pas... pas maintenant, pas devant eux, pas tant qu'ils sont là, pas sous leurs yeux... quand il s'est avancé... tel un brise-glace puissant ouvrant, fendant, faisant craquer des blocs énormes... tout s'est débandé... quand il a soulevé avec précaution, transporté et posé là, au milieu d'eux qui le regardaient sans rien dire... et puis tranquillement s'est placé à bonne distance et a contemplé, faisant claquer ses lèvres... cette bête... magnifique vraiment. Une pièce superbe. Où avez-vous eu la chance?... — Non, non, ce n'est pas moi. Elle était chez mon père... Je ne sais pas où mon père... Moi, vous savez, je ne suis pas un collectionneur. Je dirais même qu'au contraire... Comme si cela pouvait les tromper, comme si ce lâche reniement, cette trahison qu'ils observent amusés pouvait les apaiser, pouvait empêcher ce qui maintenant va se dérouler, inévitable, prévisible dans ses moindres détails comme l'exécution d'une sentence appliquée avec une précision rigoureuse par des bourreaux insensibles au repentir, aux cris du condamné.

Dès ce moment tout était là, ramassé dans cet instant... Mais quoi tout? Il ne s'est rien passé. Ils se sont levés, ils ont pris congé poliment, ils étaient si fatigués... et maintenant, comme ça arrive, restés entre eux ils se sont ranimés, ils se sont détendus et ils s'amusent... il leur faut si peu de chose... un rien leur suffit... Quel rien? Mais n'importe quelle bêtise, des grimaces, des singeries... personne comme ce petit pitre, un vrai petit clown, ne sait, mettant sa langue sous sa lèvre supérieure qu'il a très longue, rapetissant ses yeux, voûtant son dos, une main sous l'aisselle, se grattant, imiter un singe... Ça les fait chaque fois crouler de rire... Tout leur est bon, n'est-ce pas? Pourquoi chercher midi à quatorze heures? Ils sont jeunes, ils sont gais...

Que le barbon irascible se lève brusquement sous les regards étonnés de l'ami en train de siroter paisiblement sa tasse de café, son verre de cassis, qu'il rompe brutalement toutes les règles de la bienséance, qu'il monte l'escalier, frappe à la porte, l'ouvre furieusement, qu'il entre... Mais qu'est-ce que vous avez à rire comme ça? C'est insupportable, à la fin... et ils vont s'arrêter, se blottir dans les coins, tout effrayés, des nymphes effarouchées qu'un satyre surprend, des petits cochons roses en train de danser quand entre tout à coup, hurlant, montrant ses grandes dents, le méchant loup noir, des poulets qui vont se réfugier sur les plus hautes poutres du poulailler où vient de pénétrer le fourbe et cruel renard. Le vilain ogre, le trouble-fête, le pion... Qu'y a-t-il encore? Qu'a-t-on encore fait? Ne pouvait-on pas prendre congé? C'est parce qu'on a traîné un peu ici, trop fatigués pour aller se coucher? Comment a-t-il entendu? On riait si doucement... Mais il est toujours là à surveiller chaque geste, à réprimer le moindre élan, le plus léger signe d'insouciance, de liberté, toujours à scruter, à doser, à juger. N'a-t-on pas montré, comme il se devait, du respect? Ne s'est-on pas approché, comme si on le regardait pour la première fois, de l'objet sacré? N'ai-je pas été jusqu'à poser, moi aussi — vous m'avez vu? — ma main pieusement... Mais ça ne suffit pas. Il faut encore après ça probablement garder un religieux silence, aller se coucher tout pénétré de dévotion... Non, pas aller se coucher, à quoi a-t-on pensé? Quelle brutalité! Quel sacrilège! Il fallait rester là sans pouvoir se détacher, fixé là, écoutant jusqu'à l'aube sans éprouver aucune fatigue... Est-ce que cela ne réveillerait pas un mort?

Ce n'est pas vrai, ils se trompent, ils ont tort, il n'est pas le surveillant, le pion... Qu'ils lui pardonnent, eux qui sont purs, eux qui sont innocents, eux qui ont, il veut le croire, il le croit, eux qui ont de la pudeur — il en a moins qu'eux, ils ont raison — eux qui n'aiment pas étaler leurs sentiments, eux qui ont peut-être le

17

vrai respect de ces « valeurs »... qu'ils excusent ce vilain mot, il le leur a appris, il en rougit... Il serait heureux s'il pouvait maintenant rester un peu auprès d'eux, il s'ennuie là-bas, loin d'eux... Pourquoi l'ont-ils abandonné?... Est-ce que je ne pourrais pas participer? Vous savez, je suis comme cet Irlandais, vous connaissez cette anecdote? Voyant des gens se disputer, il s'est approché et a demandé : Est-ce que je peux prendre part? Ou est-ce une querelle privée?... — Ha, ha, ha, leurs rires jaillissent... Oh que c'est drôle, je ne la connaissais pas... — De quoi parliez-vous, tandis que moi, là-bas... Je crois qu'il ne partira jamais... Vous avez vu comme il m'a regardé, quand j'ai dit que je n'avais rien d'un collectionneur?

Mais bien sûr, ils ont vu, ils ont entendu, ils ont apprécié... pleinement... Il n'y a pas en lui un frémissement si infime soit-il qu'ils ne perçoivent aussitôt, instruits, exercés par lui comme ils le sont, possédant, offertes par lui, toutes les cartes les plus détaillées, de vraies cartes d'état-major, à chaque instant remises au point par ses soins, de ce terrain que maintenant en toute sécurité ils investissent... les fins jets de leurs rires glissent dans chaque repli, imprègnent chaque recoin...

Et puis s'arrêtent...

Ils attendent un peu... ils veulent le rassurer,

lui laisser croire que c'est fini maintenant, que la punition a assez duré, qu'on a jugé là-haut qu'il a eu son compte... ils jouissent de son soulagement, le pauvre ne sait pas qu'il ne perd rien pour attendre, que le moment va venir bientôt où, il n'y a rien à faire, il faudra recommencer...

Si peu de chose pourtant, un seul mouvement peut les écraser, pas même les écraser, les effacer d'un seul coup sans qu'aucune trace n'en reste — pas une giclure, pas une salissure... il suffit de se pencher à travers la table vers l'innocent installé paisiblement de l'autre côté, tapotant avec l'extrémité de son pouce recourbé le fourneau de la pipe qu'il tient dans sa grosse main potelée, il suffit de se tendre vers lui, de s'abandonner, de s'ouvrir, de se laisser emplir par ces paroles qu'il laisse tomber avec une tranquille assurance... sans se rendre compte de leur effet... Comment le pourrait-il, lui si protégé, si confiant, lui qui n'a jamais soupçonné l'existence des pactes secrets, des démons, des possessions, des mauvais sorts, des envoûtements... Et comme cette ignorance, cette candeur renforce encore le pouvoir exorcisant des paroles qu'il articule avec netteté, avec une noble et digne lenteur : Eh oui, il y a de ces

19

coups de chance... vraiment inespérés. Je me
souviens, j'étais à ce moment-là en mission au
Cambodge... et un jour, tout à fait par hasard,
dans une espèce d'échoppe assez infâme, de
celles où l'on s'attend le moins à trouver...
remplie d'un fatras... de toutes sortes d'objets
de bazar, de ceux qu'on fabrique en série pour
les étrangers... c'était plein de bouddhas de
pacotille, d'oiseaux empaillés... je ne sais ce qui
m'a poussé à entrer... il y a des jours où l'on a
comme des prémonitions... j'ai soulevé le coin
d'un tapis, je trouvais le dessin assez amusant...
et là... je n'en croyais pas mes yeux... une petite
merveille... mais vous l'avez vue chez moi... —
La petite danseuse? — Oui. C'est celle-là. Le
marchand était à mille lieues de se douter...
Bien sûr je n'ai rien montré... Et vous savez, ce
n'est pas par cupidité... Il opine vivement de la
tête... — Oui je sais. Évidemment il ne s'agit
pas de ça. C'est autre chose...

Oui, il sait, il comprend... C'est pour être
seul, seul à savoir, seul à découvrir. C'est pour
créer, donner vie une seconde fois. Pour arracher à la mort, au dépérissement, à l'avilisse-
ment, serrer contre sa poitrine et se retenant de
courir ramener ça chez soi, s'enfermer avec ça...
seuls tous les deux... que personne ne nous
dérange... et sortant ses instruments, ses chif-
fons de pure laine, de lin, ses toiles-émeri, ses

peaux de chamois, ses pinceaux, ses brosses, ses décapants, ses huiles, ses cires, ses vernis, gratter, enduire, attendre, supputer, espérer, désespérer, s'acharner, gratter encore, frotter, comme s'il y allait de sa propre vie... s'arrêtant épuisé, reprenant, oubliant de manger, de dormir... jusqu'à ce qu'enfin... — Ah, c'était encore plus beau que je n'avais espéré. Sous la couche de peinture grossière, pas une parcelle rapportée, pas une fêlure... un bois intact... une matière splendide... une merveille, mais vous l'avez vue... Oui, il l'a vue... resplendissante, trônant, entourée d'égards, rétablie dans ses droits... — Oui, je l'ai admirée...

Mais moi, voyez-vous... Moi... je dois dire que je n'ai jamais été un collectionneur... Jamais, n'est-ce pas? Ça ils le savent. Ça, vous le savez, là-bas? Je ne l'ai jamais été. Je n'en ai pas, vous me l'accorderez, le tempérament. Pas l'âme... Au contraire... Ça les fait sourire. Le contraire d'un collectionneur... Ces maladresses... ces choses qu'ils vous font dire quand ils sont là à vous écouter... Mais c'est vrai, il n'en est pas un. Non, ce n'est pas sa place, pas du tout. Qu'ils ne le mettent pas là, pas dans le même sac, pas dans la même section. Ce n'est pas son cas. Qu'ils ne l'enferment pas avec ceux-là...

Ils doivent bien s'en souvenir, ils n'ont pas pu l'oublier... on s'en amusait ensemble... on les trouvait si drôles, ces doux maniaques rôdant à la foire à la ferraille, au marché aux puces, aux timbres... c'était désopilant, il riait avec eux... Pas par délicatesse, pas par politesse... trop poli pour être honnête... Non, pas du tout, non, qu'ils ne croient pas cela, il avait ri de bon cœur, c'était si comique, tordant, ils le racontaient avec tant d'humour, ils l'évoquaient si bien... ce binoclard à la caserne... en train de balayer la cour... et tout à coup on le voyait qui s'arrêtait... il se penchait, appuyant ses lunettes contre son nez, il s'agenouillait... qu'est-ce que c'était? une petite herbe... que voulez-vous que ce soit? du mouron probablement... il la cueillait avec précaution, avec piété, et il venait nous la montrer... il soufflait dessus pour écarter les minuscules pétales... nous faire admirer... il la mettait entre deux feuilles de papier à cigarettes pour la sécher et le soir, dans la chambrée, il la collait dans son album...

Non, pas là, pas avec celui-ci, pas avec tous ces vieux enfants aux visages extatiques penchés vers la terre, levés vers le ciel, cueillant du mouron, tendant leurs filets à papillons... non, pas avec eux... pas avec ceux qui cherchent, fouinent, s'emparent, rapportent chez eux, sélectionnent, classent, préservent, conservent, amassent sans fin, gardent jalousement en leur possession, à leur disposition, pour jouir tout seuls, pour exhiber fièrement... non, il n'est pas de ceux-là... au contraire...

Au contraire. Il n'a rien d'un collectionneur... ils le savent bien... Oui, ils le savent... On connaît ça. Par cœur. On connaît la musique... chaque note... toujours le même air. L'a-t-on assez entendu... Au contraire... de savoir que ça m'appartient, voyez-vous... je dois dire que ça ternit, en quelque sorte, oui, ça rend moins parfait... mon bonheur... ça altère cette sérénité, ce détachement dont j'ai besoin... enfin, vous voyez...

Bien sûr qu'ils voient. Comment pourrait-il croire qu'ils ne voient pas? N'ont-ils pas été assez entraînés? Ne les a-t-il pas assez traînés derrière lui, indifférent à la fatigue des longues marches à travers des galeries interminables, des enfilades de salles immenses, à l'épuisement des longues stations debout, dans la morne présence, sous la surveillance somnolente des gardiens, dans la promiscuité des troupeaux de visiteurs amenés à chaque instant, rassemblés tout près d'eux et soumis au tambourinement lancinant, à l'infiltration pétrifiante des commentaires, des explications... Mais lui, insensible à tout cela, inconscient, comme plongé dans un sommeil hypnotique, semblait flotter, détaché, dériver loin d'eux, loin de soi... tandis qu'ils piétinaient à ses côtés, attendant en silence qu'il sorte de sa transe... Oui... voyez-vous, je dois avouer que quant à moi, je préfère... au contraire...

L'ami se rejette brusquement en arrière, lève les sourcils et fixe sur lui des yeux inquiets... Tiens! Au contraire... Pourquoi? — Enfin, je ne sais pas... Je me suis mal exprimé... il bafouille, il rougit... Naturellement... je comprends... mais ce que je veux dire... Ils observent amusés, un peu gênés pour lui, ses efforts maladroits pour sortir de ce guêpier, pour se dégager de ce bourbier où il s'aperçoit qu'il a mis le pied étourdiment... Ce que je veux juste dire, c'est que moi... enfin... il patauge de plus en plus, il s'enlise... Je dois avouer que quant à moi je préfère...

Quoi? Il préfère quoi? Qu'il l'avoue. Mais il n'a pas besoin de l'avouer. Chacun ici le sait. Ce qu'il préfère, c'est la certitude. C'est la sécurité. C'est de n'avoir jamais besoin de faire des efforts, de chercher, de s'interroger, de prendre parti, de courir des risques... Il préfère que tout lui soit donné, offert gracieusement. Il n'aime rien tant que venir manger dans la main... dans les mangeoires que d'autres ont généreusement remplies de nourritures choisies, garanties... que pouvoir se goberger en toute tranquillité, ou pignocher délicatement de-ci de-là, au gré de son appétit, de son caprice du moment.

Voilà, c'est clair, ce qu'il préfère. Mais il y a mieux. La pauvre dupe assise en face de lui mériterait d'être avertie. Vous savez à qui vous avez affaire? Vous savez que vous avez devant vous un imposteur? Oui, ce paresseux, ce pleutre, ce parasite se fait passer pour un « connaisseur ». Il a cette prétention. Mais comment ça? Quelles preuves? Mais aucune justement. C'est là son fort. Il n'a pas besoin de donner des preuves. Il *sent* mieux que n'importe qui et ça suffit. Il a, figurez-vous, cette chance, d'avoir en lui un instrument qui aussitôt se met à vibrer, un papier de tournesol qui immanquablement doit virer... Il ne peut pas se tromper, il est ainsi fait, voyez-vous... Pourquoi des preuves? Fi donc, il refuse d'en donner. Aucune preuve — c'est plus prudent. Vous voyez que même ça, cette sculpture, il vous l'a dit, il ne l'a pas découverte, non, pas lui, il s'en défend... Il n'est pas un collectionneur... Au contraire.

Leurs rires si clairs, limpides... eaux vives,

sources, ruisselets à travers les prairies fleuries...
leurs rires qu'il est en train de souiller, d'em-
bourber en déversant en eux... où a-t-il été
chercher tout ça? Mais en lui-même évidemment. Chez qui d'autre? En lui seul. Il est seul.
Seul portant cela en lui... Tout ce qu'il
demande, c'est qu'on l'en décharge. Qu'ils l'en
délivrent, ceux qui écoutent avec ces visages
éclairés de bons sourires, qui tapotent paisiblement leurs vieilles pipes, tendent l'oreille,
hochent la tête d'un air nostalgique, attendri...
Vous les entendez? Ils s'amusent, hein? c'est de
leur âge. Ils sont gais.

Gais. Jeunes. Insouciants. Un rien les fait
rire. C'est juste ce petit trémolo... il paraît un
peu forcé... comme fabriqué... les notes dures,
glacées, tambourinent comme des grêlons... Où
a-t-elle encore pris ça, ce rire d'actrice médiocre
qu'elle a depuis quelque temps? Tout colle à
elle, elle attrape tout, les gestes, les mines, les
mots, les intonations, les accents... elle joue
continuellement des rôles... secouant ses
boucles, ouvrant de grands yeux, faisant sa
moue de femme-enfant, de jeune épousée unie
contre son gré à un vilain barbon... qui le voit
entrer tout à coup, fulminant, brandissant son
poing noueux, secouant le pompon de son

bonnet de coton... un vieil atrabilaire que tout exaspère, qui ne supporte pas les jeux, les rires innocents... jaloux, qui le croirait? de ses jeunes frères, de ses sœurs... mais elle sait comment le prendre, il n'ose jamais lui tenir tête quand elle le regarde ainsi droit dans les yeux... Voyez comme il se détourne aussitôt, il courbe l'échine, il redescend tout penaud, tout contrit, il se rassoit sans rien dire... il accepte la leçon, la punition, il sait bien qu'il l'a méritée... il acquiesce humblement... Oui, vous avez raison. C'est de leur âge. Oui, c'est vrai, nous étions comme eux... Ils sont gais.

C'est vraiment étonnant, admirable, comme une fois déclenché cela se déroule inéluctablement avec la précision d'un mécanisme d'horlogerie minutieusement réglé. Il n'y a jamais de ratés. Il suffit d'une première impulsion, si légère soit-elle... mais rien ici ne peut jamais être trop léger... pour que tous les fins rouages exactement imbriqués les uns dans les autres se mettent en branle... Ce regard que le doux innocent assis en face de lui pose tout à coup... ce regard soudain attentif qu'il arrête et tient fixé sur le manteau de la cheminée, là, juste au milieu... ce mouvement qu'il fait, se redressant, avançant le torse, prêt à se soulever... Mais qu'est-ce qui se passe? Qu'est-ce qui lui prend? Pourquoi tout à coup? C'était pourtant là depuis longtemps sans que jamais... Quel mauvais sort le pousse? Quel démon s'amuse à jouer cette farce?... Le voilà qui se lève... il ne va pas faire ça?... Mais si... inconscient comme un lunatique marchant au bord d'un toit il s'avance...

Et lui-même aussitôt détourne les yeux, se tourne vers eux qui immobiles à leurs places observent en silence. Il se soulève à son tour, il se lève, il va vers eux, le cou tendu, le regard quêteur... il prononce les mots qui, il l'espère, vont leur montrer qu'il demande à se réfugier auprès d'eux, à être accepté parmi eux, les mots de passe qui lui permettront de passer dans leur camp : Alors, et cette promenade? Et cette partie de pêche?... Plus bas, encore plus bas, il s'incline, il baisse la tête, il tapote, il caresse le dos de leur chien, il lui donne sa main à lécher, à mordiller... Ah, filou, va... ah, petit coquin... Mais rien ne peut les fléchir... la mèche de la machine infernale a été allumée, elle se consume doucement... Il parvient malgré sa peur à jeter un regard de côté... Et il voit l'insensé qui debout devant la cheminée étend les mains, soulève la bête de pierre... la porte vers la table basse... leur fait un signe impérieux auquel ils obéissent avec empressement, se précipitant, écartant devant elle les bouteilles et les verres... la dépose avec piété, et puis se recule. Se fige. Contemple. Comme si de rien n'était. Là. Devant eux... C'est plus que lui n'a la force d'en supporter, il se cache le visage, il enserre leurs genoux de ses bras...

Mais eux sans le regarder le détachent d'eux, le repoussent... Un peu de tenue, voyons... Ne doit-on pas se montrer courtois envers son hôte, envers son ami?... C'est grossier de l'inter-rompre de cette façon... Écoute donc un peu ce qu'il te dit. Tu l'entends? Il te dit : Vous avez là une pièce superbe. Il faut répondre quand on te parle. Oui... ils ont raison... il obéit... il se redresse, il relève la tête... Oui... sa voix est atone, toute molle... Oui, vous croyez? et aussitôt, de nouveau, il ne peut s'en empêcher, il se penche, il se tend vers ce qui est chaud, palpitant, bondissant, vers ce qu'il aime comme eux, ce que comme eux il préfère, la bonne grosse vie qu'on saisit à pleines mains, qu'on étreint... Ah bon chien, va, brave bête... il passe sa main sur le ventre soyeux, il serre entre ses doigts les douces pattes amollies, leurs plantes tièdes et rêches, comme séchées au soleil...

Mais impitoyablement, avec quelques piche-nettes dans le dos ils le rappellent à l'ordre... Allons, qu'est-ce que c'est que ces façons?

Comment peut-on être si impoli? Relève-toi donc, va regarder... Même nous, tu vois, on y va, on te donne l'exemple : Oui. Elle est belle. Oui. Ils hochent la tête, comme il se doit, l'air pénétré... ils s'adressent à lui : Elle n'est pas belle? Tu n'es pas de cet avis? Tu ne trouves pas que c'est vraiment une pièce superbe?... Docilement son regard prend la direction de leurs regards, se confond avec eux et porté par un même courant coule, se répand sur ce qui est là au milieu de la table : une bête grossièrement taillée dans une matière grumeleuse, d'un gris sale... La ligne du dos trop droite... Les pattes disproportionnées... trop courtes?... trop écartées?... Mais toi... toi... mon joli... se tendant, tendant les mains... Oh toi... toi, toi... à voix basse, les dents serrées... Ah oui, hein? on veut se faire caresser, ah oui hein? ma vieille bête, mon bon chien... on aime ça... Ah sale bête... ah on lèche... ah on mord...

Un peu de décence, que diable, un peu de dignité, un peu de gravité. Qu'est-ce que c'est que ces jeux suspects? De quoi as-tu l'air? Vraiment tu nous fais honte. Où te crois-tu? N'est-on pas ici entre gens convenables? entre personnes cultivées? Regarde-nous... Ils se pressent autour de la table... Qu'est-ce que c'est, croyez-vous? De quelle époque? D'où pensez-vous qu'elle vient? Ils écoutent attentivement, ils hochent la tête avec respect.

Leurs rires explosent plus fort... ils ne peuvent plus les maîtriser... c'est naturel, cela arrive quand on est fatigué, ou quand on vient d'échapper à un danger, dans les moments tragiques, dans les grandes circonstances, pendant les solennités, aux enterrements, aux mariages, aux cérémonies d'investiture, de couronnement... il y a des gens, c'est bien connu, qui sont pris subitement de ces sortes de fous rires. Eux en ce moment sont comme des écoliers lâchés dans la cour de récréation... Ils ont fait un tel effort, ils ont écouté avec tant de contention la leçon, qu'après, c'est bien normal, ils se détendent, ils se déchaînent... Il était drôle quand il a pris cet air de magister revêtu de sa toge... Tu sais qu'il a été professeur... De quoi, grands dieux! Je plains ses étudiants... Mais d'histoire de l'art, évidemment, ho, ho...

Mais quelle naïveté, quelle sottise de leur prêter de tels propos... Rien de pareil n'a été dit... rien de pareil n'est dit entre eux... Jamais... ce serait fausser entièrement les règles du jeu... Alors pourquoi?... Les explosions se succèdent, plus rapprochées... Irrésistibles... Pourquoi? Mais pour rien... un rien les fait rire,

on le sait bien, il leur faut si peu de chose...
Qu'a-t-on besoin de chercher? Rien qui puisse
se rapporter même de loin à ce qui vient de se
passer. Pour qui les prend-on? Ils sont bien
trop polis, trop bien élevés pour se permettre
ainsi à chaud, à peine restés entre eux, de
commenter, de critiquer... Ils sont bien trop
avertis. Ils seraient choqués si l'un d'entre eux
brusquement se permettait cette incongruité,
cette grossière simplification...

Chacun d'eux sait bien, sans qu'aucun mot
ait été prononcé, que des rires à propos de rien,
mais vraiment ce qui s'appelle rien... tout ce
qu'il y a de plus anodin, de frivole, de léger...
rien qu'on puisse dire, dont on puisse se
souvenir... juste de tels rires, coupés de brèves
explosions, d'arrêts... repris, prolongés sans
fin... sont entre eux et lui les signaux qu'il ne
peut manquer de capter, semblables à ces
messages produits par des réactions chimiques
subtiles et compliquées, élaborées au cours
d'une longue évolution, qui assurent le fonc-
tionnement d'un organisme vivant.

Se pencher vers l'autre, en train tranquillement de bourrer sa pipe, repousser la bête de
pierre sur le côté de la table, près des bouteilles

et des verres, lever un doigt et dire : Vous les
entendez? et ensemble écouter... scruter... Suis-
je fou? Mais il me semble... L'autre s'immobi-
lise, l'autre tend l'oreille... Qu'y a-t-il? — Vous
ne trouvez pas que ces rires... un peu trop
insistants... — Oui... ces jeunes gens paraissent
assez excités... Ça doit être la fatigue, ne croyez-
vous pas? après une longue journée... — Probablement... sa tête opine, ses lèvres s'étirent...
— En tout cas ils sont charmants. Ils ont l'air
très unis. — Oui, très unis... Oui, n'est-ce pas?
Charmants... Si affectueux...

C'est vrai, c'était touchant, il s'est senti ému
quand ils se sont penchés vers lui, quand ils lui
ont tapoté la joue tendrement, quand ils se sont
retirés pour laisser les deux vieux fous, les
gentils maniaques discuter sans fin... Rires
enfantins... voix fraîches... gestes mutins...
coups de pattes de velours, mordillements de
chatons, de chiots joueurs qui se font les dents
sur les manuscrits racornis, les vieux in-folio...
fillettes taquines qui grimpent sur les genoux
des barbons, passent leurs doigts sur les mèches
blanches dans leur cou, leur font des
chatouilles... et ils se laissent faire... La tête
levée ils laissent ruisseler sur eux les caresser les
gouttelettes fraîches... Qu'on est bête à leur
âge... Un rien les fait rire. Ils sont gais.

Il faut se reprendre, se secouer... Il est temps de s'occuper de choses sérieuses. L'autre déjà le rappelle à l'ordre... il étend sa grosse main vers la bête, il la pousse au milieu de la table, il la tourne, l'examine... Imperturbable. Parfaitement tranquille et sûr de soi. Il se sent, de toute évidence, en parfaite sécurité. Qui, avec ça, posé là devant lui, pourrait l'atteindre?... Les bulles des rires crèvent contre ça, les rires contre ça rebondissent, les rires ricochent sur ça, les rires remontent vers eux là-bas... boomerangs... retours de bâton... La voix paisible nous enveloppe, les mots qu'elle prononce lentement de tous côtés nous protègent, montent la garde... Qu'y a-t-il à craindre? Qui peut menacer ça?

Comment qui? Mais comment ne savez-vous pas que sans avoir besoin de bouger, juste installés, enfermés là-haut, ils peuvent déployer une force immense, ils possèdent une énorme puissance... Un seul rayon invisible émis par eux peut faire de cette lourde pierre une chose creuse, toute molle... il suffit d'un regard. Même pas un regard, un silence suffit... Vous n'avez pas perçu tout à l'heure? Vous n'avez rien senti quand vous avez dit : Mais elle serait digne de figurer dans un musée... Vous n'avez pas perçu dans ce silence comme un remous?... — Un remous? — Oui, quand vous avez dit ça : figurer dans un musée... — C'est vrai, je l'ai

dit. Parfaitement : dans un musée. Je suis prêt à le répéter. — Oh, je vous en supplie, dites-le. Dites-le encore. Répétez-le... avec cet air si sûr... Retenez-moi... Ils me tirent, ils m'arrachent à vous... Tenez-moi très fort... je suis entraîné... Vous les entendez? Ils m'appellent, ils m'ensorcellent, ils m'attirent là-bas, chez eux, vers ce qui gazouille, sautille, se roule, se vautre, bondit, mordille, gaspille, gâche, détruit, se rit... vers l'insouciance, l'indifférence, la légèreté, la frivolité, l'étourderie... Retenez-moi pour que je ne saisisse pas cette vilaine vieille bête de pierre posée là devant nous et que je ne la lance pas de toutes mes forces contre ce mur... Vous entendez ce bruit, vous, là-haut? Sortez, venez donc voir... Ils ouvrent la porte, ils se penchent par-dessus la rampe... Qu'est-ce que c'est?... Ils descendent...
— Vous voyez ce que j'en ai fait? Venez ici vous asseoir, venez ici, tout près, qu'on s'amuse ensemble... on va mettre un disque de votre chanteur préféré, on va ouvrir la radio, on va danser...

Ils m'aspirent... sauvez-moi, protégez-moi, répétez encore ça : Digne de figurer dans un musée. Oui. Parfaitement. Dans un musée... Vite... la prendre, l'envelopper, l'emporter, la mettre à l'abri. Bien gardée. Protégée. Derrière une vitrine. Aux parois incassables. Parmi d'autres — aussi bien défendues. Posée là pour toujours. Que les regards de dévots innombrables la patinent. Que garantissent sa survie les soins de générations de conservateurs. Et qu'eux là-haut, sortis de leur repaire, conduits en groupes intimidés sous les yeux des gardiens. Qu'eux matés. Qui ose broncher? Qu'eux silencieux, glissant avec précaution sur les parquets cirés, s'arrêtant sur un signe, un ordre bref du guide, écoutent respectueusement les commentaires consacrés. Quel cancre, quelle brute insensible, là-bas, derrière, se laisse distraire? Détourne les yeux? Sourit? Des dégénérés. Des abrutis. Nuls. Absolument étanches. Imperméables. Vous avez beau vous y prendre tôt, quand ils paraissent encore malléables, imprégnables, et les mener là, les forcer à regarder. Vous imaginant que ce qu'ils ont devant les yeux dégage quelque chose d'assez percutant pour pénétrer les plus rigides, les plus épais, les plus fermés. Inutile de rien forcer. Moi je me rappelle ce choc autrefois, quand mon père... ça n'arrivait pourtant pas souvent... c'était un tel bonheur... Je lui en étais si reconnaissant... Mais maintenant, regardez-les, voyez ces petits privilégiés, boudant les trésors...

Mais peut-être sans le vouloir les a-t-il un

peu brusqués? Il suffisait de prendre patience. De laisser agir le temps... Il était possible de surprendre chez eux par moments des regards plus attentifs, qui s'attardaient... Et lui aussitôt comme la chatte qui rapporte à ses petits des jeunes lapins, des oiseaux, se met à l'écart, les regarde dévorer et ronronne, se pourlèche... lui, jetant à peine un coup d'œil pour s'assurer que les rayons bienfaisants qui émanent de ces pierres sculptées, de ces toiles peintes, tombent bien sur eux, qu'ils sont pour cela à la bonne distance, au bon endroit... Tiens, mets-toi là, où je suis, ici, sur le côté... à contre-jour tu verras mieux... les poussant devant lui doucement, se plaçant n'importe où, ne regardant rien... rien qu'eux pour suivre en eux le cheminement... ne pouvant par moments s'empêcher, sachant combien c'est dangereux, d'aider, de hâter un peu... Est-ce beau, hein, ça? n'est-ce pas beau, hein?... Et eux, comme les escargots, comme les hérissons, aussitôt se recroquevillent, rentrent leurs cornes, sortent leurs piquants, ils ne sont plus qu'une coquille, une boule autour de laquelle il tourne... C'est sa faute, il le sait, il a été maladroit, il a fait un mouvement trop osé, trop fort... ils sont si sensibles, si délicats... ils ne peuvent pas supporter ces attouchements... il faut prendre les plus grandes précautions... Les tendres chairs visqueuses et molles, toutes frissonnantes se sont rétractées, ils se sont enfermés... impossible de les atteindre... Maintenant pour les faire sortir de là... ils peuvent rester ainsi pendant des jours, pendant des mois, peut-être toujours...

Il tourne autour... sa voix est enjôleuse... sous sa gaieté il n'est pas possible qu'ils ne perçoivent pas sa détresse, ses supplications... Il essaie tout doucement de les appâter... il leur présente de loin... sans insister : Comme c'est drôle... c'est amusant... Regarde... Mais il ne fallait surtout pas de ce mot, pas de ce verbe à l'impératif, la langue lui a fourché, il ne veut rien imposer... Ici, voyons, chacun est libre... il se parle à lui-même : Très amusant, celui-là, avec sa fraise... C'était le favori... il lui semble qu'il perçoit dans les boules hérissées de piquants, dans les coquilles lisses et fermées comme un mouvement... Quelque chose filtre au-dehors... comme une traînée... C'était le meilleur ami du roi... Mais plus tard... Décidément d'eux quelque chose suinte, un peu de substance baveuse s'écoule... Mais plus tard... D'ailleurs ce n'est pas étonnant, cet homme a un œil méchant... Sa bouche... il y a dans le pli de ses lèvres une expression sournoise, il a l'air fourbe, vous ne trouvez pas? Ils sortent au-dehors avec précaution, ils se glissent lentement vers cette nourriture de choix qu'il leur tend, la palpent, l'absorbent... Et il est satisfait. Quand on revient de si loin, on abandonne ses prétentions d'autrefois, on accepte avec reconnaissance un moindre mal.

Immobiles près de lui, agglutinés à ce qu'il leur montre, ils s'imbibent, ils se gonflent, et il les berce, il les enveloppe et les tient bien au chaud, il les regarde qui sourient béatement, assoupis... écoutant le cliquetis des épées dans les ruelles étroites et sombres, dans les salles voûtées des châteaux, dans les embrasures des portes des palais, voyant se déployer des capes de soie, des yeux luire sous les toques de velours, dans les fentes des loups noirs, le sang jaillir des pourpoints déchirés... Doucement, par des chatouillis légers, il se risque à les ranimer, il leur fait ouvrir les yeux... Ce tableau a été peint au temps où il était encore le grand favori. Il a été peint pour être offert au roi...

Ils se tournent vers lui... Ils lui ont pardonné, n'est-ce pas? Ils lui font confiance?... Il peut sans qu'ils se rétractent... ils le lui permettront... ils lui doivent bien cette récompense... ce petit pourboire bien mérité... ils le laisseront comme en passant... ce qu'on appelle sans y toucher... ça a si peu d'importance, ça ne tire pas à conséquence, c'est une simple politesse...

ils lui permettront avant de se détourner de dire, comme se parlant à lui-même : C'est tout de même pas mal fait, ce machin-là. C'est tout de même rudement beau... Une pure formalité, une brève génuflexion, un geste de la main plongeant dans le bénitier et esquissant rapidement un signe de croix... par habitude, par attachement aux traditions. Même les incroyants le font quand on les y a habitués depuis l'enfance... Il guette en eux le plus léger signe d'acquiescement... les règles de la bienséance ne l'exigent-elles pas en pareil cas?

Mais ils paraissent ne rien entendre, ils se détournent, ils gambadent excités, déchaînés, ils se poussent, ils se donnent des bourrades, des coups de coude, ils rient... Oh regarde celle-là, regarde, je t'en prie, la tête qu'elle a...

C'est à cela, il le savait pourtant d'avance, que devaient conduire immanquablement ses ruses naïves, ses lâches concessions... Il est traîné par eux à travers les salles, s'affalant de temps en temps sur les banquettes, fixant devant lui sans le voir n'importe quoi... Tout autour de lui se ternit, tout se rétracte, se referme, durcit...

Rien ne vibre, n'irradie, n'émane, ne coule, ne s'épand... Il n'y a rien là... rien qui vaille...

Une pierre grumeleuse, d'un gris sale, grossièrement taillée. Une bête pataude, courtaude, assez informe... Non, ce n'est rien, je ne sais pas ce que c'est, non ce n'est pas moi, c'était chez mon père, dans sa cave... Mais regardez-moi donc ça, regardez-moi si c'est beau, ça, regardez-moi si c'est fripon... Ah coquin, va, ah brave bête, bon vieux chien... Ah on veut mordre, ah on aime jouer...

Ils observent sans rien en perdre ses haussements d'épaules, ses regards honteux aussitôt détournés, sa rougeur, son ton faussement enjoué, les tapotements de sa main tremblante... tous ces efforts maladroits, pitoyables, pour s'écarter, pour se désolidariser de l'inconscient qui tranquillement se lève, s'avance vers la cheminée, étend les bras...

Comme on aimerait, n'est-ce pas? le prévenir, l'alerter. Comme on voudrait, mais on n'ose pas, faire savoir à ce noble ami venu en toute innocence nous rendre visite dans quel repaire il est tombé, dans quelle souricière... nous sommes pris, encerclés... des oreilles ennemies nous écoutent, des yeux ennemis nous épient... prenez garde, tout ce que nous faisons, tout ce que nous disons maintenant peut être retenu contre nous, entraîner de lourdes sanctions... le voilà qui s'approche, qui prend dans ses mains... ne se rendant compte de rien, à mille lieues, à cent mille lieues de se douter...

Mais voyons, comment le pourrait-il? Comment pourrait-il se méfier de quoi que ce soit, cet enfant choyé, ce compagnon de nos jeux insouciants d'autrefois, cet étranger venu de là-bas où règne un autre ordre, d'autres lois... Où l'on classe parmi les débiles mentaux, où l'on relègue parmi les parias, où l'on met au ban ceux qui ont la scandaleuse impertinence de se planter devant un objet du culte, un objet sacré que tous vénèrent pieusement, de se poser les mains sur les hanches, de se rejeter en arrière et de s'esclaffer : Oh regarde-moi ça, cette « beauté »!... Regarde-moi la tête qu'elle a...

Comment pourrait-il comprendre, imaginer? même si on le lui expliquait, il ne saisirait rien, il ne vous croirait pas, lui qui a grandi, qui a toujours vécu sans jamais en sortir même pour quelques instants dans le monde paisible, harmonieux, où chacun peut tout naturellement, tout spontanément, assuré de l'approbation de tous, se lever et marcher les mains tendues, les yeux dilatés, luisants, s'approcher, se reculer pour mieux voir... Qu'est-ce que c'est, dites-moi, cette sculpture? Ça a l'air intéressant... la contempler longuement et se retournant avec désinvolture vers l'assistance dire fièrement à voix haute : C'est bien beau, ça, vous ne trouvez pas?

42

Il n'y a rien à faire, il ne reste qu'à subir...
Impossible d'essayer de le mettre en garde. Ce
serait rompre nos secrètes, nos tacites conven-
tions, enfreindre les interdictions jamais formu-
lées, connues de nous seuls, dont personne au-
dehors ne doit se douter. Tous ceux qui
viennent ici doivent être persuadés que chez
nous aussi chacun est libre... Allons, n'essaie
pas de te dérober, à quoi bon? il faut t'exécuter.
Approche-toi de ça comme nous... tu n'as pas le
choix...

Mais je ne veux pas... Mais je ne vois rien...
C'est vrai, je ne sens rien, il n'y a rien là... Ne
me poussez pas, c'est de la provocation, je ne le
fais, vous le savez, que forcé par vous, contraint,
ma voix, vous l'entendez, est atone, toute molle,
mes lèvres s'entrouvrent avec difficulté pour
répéter après vous, puisque vous l'exigez : Oui,
c'est beau... Et vous voyez, je me détourne
aussitôt, je vais vers vous, mes doigts serrent
vos épaules, caressent vos cheveux... Mais vous,
dites-moi plutôt ce que vous avez fait aujour-
d'hui. Et cette partie de pêche? Qu'avez-vous
ramené? — Oh pas grand-chose... Ils s'étirent
légèrement, ils étouffent un bâillement... La
journée a été longue, on s'est levés de bonne
heure... Je crois qu'il est temps... Ils se lèvent...
et en lui quelque chose se détache et tombe...

Tandis qu'ils montent l'escalier, riant déjà

entre eux, puis impitoyablement referment la porte, sa voix comme détachée de lui qui les a suivis, qui est avec eux là-haut, sa voix vidée, toute flasque, comme un vêtement abandonné s'affaisse... Il est pareil à un acteur qui continue à jouer dans une salle d'où les spectateurs se sont retirés, à un conférencier qui s'efforce de parler comme si de rien n'était devant des chaises vides.

Ce qui jusqu'au dernier moment était resté accroché quelque part dans un recoin caché a été arraché brutalement... quelque chose en lui qui s'était soulevé, avait palpité, quand ils se sont approchés, quand ils l'ont poussé devant eux pour qu'il vienne regarder avec eux... Et si un miracle s'était produit... s'ils étaient attirés pour de bon... tirés par un appel d'air... si une bouffée venue du dehors s'était engouffrée par une brèche que l'étranger en se dressant et en s'avançant d'un élan si impétueux aurait ouverte... si en obéissant avec un tel empressement à son signe de tête impérieux, en se précipitant pour faire de la place, pour écarter les bouteilles et les verres, ils avaient vu en lui ce qu'il était : le représentant respecté d'une grande puissance universellement reconnue, soutenue par l'adhésion de milliers, de millions de gens... des meilleurs... Ils sont le sel de la terre. Ils sont les plus forts. Ils sont invincibles. Invulnérables. Ils ignorent, ils ne laissent pas parvenir jusqu'à eux les rires obtus des brutes, des paresseux...

Des cancres? Vraiment? Vous pensez?... Vous croyez, monsieur le proviseur, qu'il n'y a aucun espoir?... Silence qui se prolonge, n'en finit pas... Ce sont évidemment des questions auxquelles on ne doit pas se hâter de répondre. C'est grave d'enfermer dans des catégories rigides, d'étiqueter ce qui est encore fluctuant, changeant... Bien sûr, il y a toujours un espoir... Mais... éclaircissant sa voix, tapotant d'un air embarrassé, agacé, avec son stylo fermé les cahiers, les carnets de notes étalés sur son bureau, se penchant encore pour les scruter...
— Oui, il faut bien constater... Il y a là un manque de curiosité... comme une atrophie... Dans le vide qui s'est creusé en lui les mots se répercutent, sont renvoyés... Une atrophie... Oui, un manque de souplesse, une sorte de rigidité. C'est comme un muscle qui ne fonctionne pas. On a beau essayer... Tous les professeurs sont d'accord sur ce point. Certains

ont vu là une volonté perverse, un besoin de détruire, de se détruire... comme un acharnement à résister à tout prix... — Ah oui? A résister? Résister? A tout prix...

La voilà, il la voit, une faible lueur au bout de la galerie sombre, une lumière... vers elle il court... Oui, c'est cela : résister. Ça arrive, n'est-ce pas? Mais ça alors, ça vient de moi... — De vous? Vous m'étonnez... — Oui, de moi... d'une voix essoufflée... de moi. J'ai commis des erreurs. Ce besoin de partager. De donner. De gaver. Sans prendre garde que pour un être si jeune c'est indigeste, c'est rebutant... Je suis coupable. C'est ma faute, ma très grande faute. Je ne peux m'en prendre qu'à moi. Je suis impardonnable. La brute insensible, c'est moi...

L'autre l'observe avec une expression indulgente, apitoyée... Il connaît cela : d'abord la consternation, la résignation humiliée, la fureur... Faites-en ce que vous voulez, punissez-le, chassez ce fainéant, ce petit vaurien, il ne mérite pas ce qu'on fait pour lui... ça lui apprendra... il ira travailler de ses mains... Et dès qu'on ose y toucher se précipitant pour protéger de leur corps leur cher petit qu'un ennemi commun menace... C'en est touchant... — Je crois que vous exagérez. Vous vous chargez injustement. Il y a des enfants, et j'en

connais beaucoup, qui seraient trop contents...
qui se jetteraient avidement sur ce que vous
prodiguez avec tant de générosité... Chez les
bons sujets, bien vivants, la curiosité, le besoin
de savoir sont les plus forts... Ce qu'on leur
propose provoque une excitation... vous la
connaissez bien... c'est elle qui l'emporte... —
Oui, je vois, oui je vous remercie, oui, je
comprends...

Se levant, prenant congé, prenant la fuite,
fuyant à travers les tristes cours couvertes de
gravier, de ciment, le long des hideux couloirs à
l'odeur de poussière humide, de désinfectants,
le long des mornes salles vitrées où des
médiocres ingurgitent docilement des bouillies
insipides... Des dociles, des faibles, comme il
était, lui, le plus soumis, le plus sage de tous,
lui, la joie de ses maîtres, la fierté de ses
parents, lui, le bon sujet, si brillant, toujours
inscrit au tableau d'honneur, modestement
satisfait de ses carnets couverts de bonnes notes,
des piles de livres illisibles rapportés des distri-
butions de prix, lourds de leurs rigides reliures
de faux cuir, de leurs pages épaisses dorées sur
tranche...

Fuyant hors d'ici, courant vers eux... Impa-
tient de se joindre à eux, de rejoindre en eux
cette parcelle secrète de lui-même qu'il avait
toute sa vie aidé à écraser, qu'il avait crue

enterrée et qui en eux a ressuscité... se hâtant de retrouver cela, ce qu'il y avait en lui de meilleur...

Ils ont su le conserver, le préserver en eux, ils le laissent s'épanouir librement au grand jour, eux qui ont toujours refusé les compromissions, les abdications. Eux qui osent — ils ont ce courage — quand ils jugent le moment venu, si tel est leur désir, leur bon plaisir, s'étirer légèrement, étouffer un bâillement, se lever avec un naturel parfait, prendre congé, partir...

Mais pourquoi juste à ce moment? quand il y a à peine un instant ils écoutaient, posaient eux-mêmes des questions... C'est qu'ils peuvent être si sourcilleux... un rien leur suffit... ils réagissent parfois à d'infimes provocations, ils sont si sensibles à certaines excitations... ils font parfois penser à ces fleurs dont les pétales sous l'effet de la lumière ou de l'obscurité irrésistiblement s'ouvrent ou se referment.

L'ami a un peu trop exhibé sa science... ils ne supportent pas ces étalages... ce qu'ils tolèrent, c'est quelques mots prononcés sur un ton ironique et comme en s'excusant... ils ont ce dédain aristocratique, cette indifférence qui leur donne une grâce, une élégance... qu'il n'a pas,

BIRKBECK LIBRARY

ça lui manque à lui, un parvenu encore mal
dégrossi... il faut, on le sait, plusieurs générations... N'est-ce pas à lui qu'ils pensaient...
quand ils ont parlé — et il s'était senti rougir —
de certains regards qu'ils ne pouvaient pas
supporter... « de ces regards enfiévrés d'intelli-
gence ». Malgré sa gêne, son malaise, il les avait
admirés. Il faut reconnaître que c'est assez joli...
Ils font parfois, avec cette aisance de grands
seigneurs, sans jamais chercher, comme malgré
eux, de ces trouvailles charmantes...

Non, ce n'est pas l'ami... pas lui seulement...
il a fallu que lui-même... mais il n'a pas fait
autre chose que les suivre, il n'aurait jamais osé
tout seul, sans y être encouragé par eux,
s'approcher... Mais il s'est peut-être laissé aller,
il n'a pas su se contenir... peut-être, quand il a
écouté les explications, posé à son tour des
questions, y a-t-il eu dans son air, dans son ton
une excitation de mauvais aloi... peut-être son
regard s'est-il « enfiévré »... Non, s'il n'y avait
eu que cela, ils se seraient montrés indulgents...
ils auraient passé là-dessus...

Il y a eu plus... Ils ont perçu dans son air
attentif, pénétré, quelque chose d'un peu
louche... une enflure légère, une boursouflure...
sous l'effet de leur présence... comme une
cloque qui se forme sur la peau sous l'effet de la

49

chaleur... Profitant de ce qu'ils se sont rapprochés gentiment — la simple politesse ne les y a-t-elle pas obligés? — il a voulu leur faire une démonstration, leur présenter un modèle parfait... Regardez... puisque je vois que vous semblez faire preuve de bonne volonté, voyez comment on doit s'y prendre... comment on doit être... Incapable de résister à la tentation, de ne pas sauter sur l'occasion de leur donner une leçon, de semer en eux le bon grain... et prenant peur aussitôt, essayant d'effacer ses traces, ton enjoué, regards innocents, tapotements, caresses, étreintes... Ah bonne bête, va, bon vieux chien... Et vous ne me dites rien... Comment ça c'est passé, cette partie de pêche?... Mais il est trop tard. Ce qui est fait est fait. Impossible de revenir là-dessus. Cela mérite une sanction.

C'est un vrai tour de force. Une étonnante performance. Comment peut-on rire si longtemps?... Mais rappelez-vous, à cet âge-là, il faut si peu de chose, il suffit que l'un commence... Lequel? N'importe lequel, toi, si tu veux, toi tu es parfait pour ce genre de choses, toi qui prends toujours les initiatives, qui diriges, même sans y prendre part, les expéditions punitives, toi qui le premier t'es levé et qui es monté, entraînant les autres derrière toi...

Ils reculent, ils se serrent les uns contre les autres. Que se passe-t-il? Où est-on? Ils lancent autour d'eux des regards stupéfaits. Nous sommes bien dans la salle du haut, la salle où depuis toujours on se réunit avant d'aller se laver, d'aller se coucher?... Le dernier salon où l'on cause, nous l'avons toujours appelé ainsi... Nous avons allumé le chauffe-bain et en atten- dant — il le faut bien — que l'eau se réchauffe, nous bavardons... nous rions... C'est mal? les yeux d'enfant s'ouvrent tout grands pour laisser couler d'eux et le recouvrir des flots, des cascades de candeur... douche bienfaisante... Excuse-nous, nous ne pensions pas que nos rires vous dérangeaient, on riait pourtant douce- ment, on croyait qu'à travers la porte fermée... — Non, ce n'est pas ça... Mais comme vous avez dit que vous étiez fatigués...

Là, voilà qui est mieux. On revient à soi, à nous, au monde clair et rassurant. Où il y a une logique. Où l'on suit des raisonnements. Où il est bien naturel qu'un père se préoccupe de la santé de ses enfants... Oui, c'est vrai, tu n'as pas rêvé cela. C'est vrai, nous sommes tout prêts à le reconnaître, tu peux voir à quel point nous sommes de bonne foi, nous avons dit tout à l'heure que nous allions nous coucher... la journée a été longue... l'air de la campagne fatigue... C'est vrai que nous avons dit ça. Mais après, tandis qu'on attendait que l'eau se réchauffe, on s'est ranimés, n'est-ce pas normal quand on n'a plus aucun effort à faire, quand on reste entre soi? — Oui c'est normal... — Voi...là... trrrès bien... — Mais juste dites-moi... puisque, je m'en rends compte, vous êtes si francs, loyaux... dites-moi juste ça... en plus de la fatigue qui était vraie, je ne le nie pas... il y avait... Regards apitoyés, désolés... — Il y avait quoi? — Il y avait... Mais vous allez vous moquer de moi... — Mais non voyons, dis-le... — Vous allez me trouver fou... Rires gentils... — Ça peut être, un peu fou... Mais qu'est-ce que ça peut faire?... Quand même vas-y... — Eh bien quand on a parlé de cette sculpture... Et quand vous... quand moi... Ils lui caressent les cheveux, les joues... — Ah c'est vrai, tu es fou... C'est vrai, tu es fou à lier, mon chéri... Oh attention, le rire me reprend, attention, retenez-moi, que va-t-il encore penser? Qu'est-ce que ça va encore pouvoir signifier?... — Mais rien, rien, vous voyez, je ris aussi, je ris aux larmes... comme cela arrive quand on vient d'échapper à un danger, quand on revient de loin, de si loin, si vous saviez, et qu'on se retrouve ici parmi les tendres objets familiers, étendu entre des draps lisses, soigné par de douces mains...

Si vous saviez ce que j'ai vu... où j'ai été... — Allons, allons, plus tard... pas maintenant... Reposez-vous, n'y pensez plus, oubliez... — Oui. Je veux juste vous dire... c'était un cauchemar? Ce n'est pas vrai, n'est-ce pas? — Mais non, ce n'est pas vrai. Mais non, voyons, c'était la fièvre, c'était du délire... A-t-on idée? Vous n'avez jamais bougé d'ici, vous n'avez pas quitté cette pièce si calme... les pois de senteur, les percales à fleurs... la porte en chêne ciré qui doucement s'est refermée sur la salle du haut où des jeunes gens se sont retirés après une longue journée, après avoir pris congé si gentiment...

Ils ont l'air si francs, si affectueux... Ils doivent s'entendre si bien... C'est vraiment une chance... Le vieux célibataire endurci que je suis, en vous voyant a parfois des regrets... Si l'on pouvait être sûr d'avance... J'ai été lâche, je n'ai pas osé courir le risque... Son regard se pose au loin. Il y a sur son visage une expression de douce indulgence, de détachement... il connaît, il comprend les tourments, les péchés de ceux qui sont restés dans le siècle, qui ont choisi d'accomplir autrement leur mission... il ne faut juger personne... ils sont autres, voilà tout... ils ont d'autres soucis... mais il doit y avoir bien des compensations... Il tend l'oreille, il écoute... Il me semble que ça vous empêche de vous sentir vieillir... ça doit être un perpétuel renouvellement... — Oui, un renouvellement. Oui. C'est vrai. Vous avez raison. Oui. Oui. Oui. Un renouvellement.

Tout s'éloigne, vacille, prend un air irréel... comme avant les crises d'épilepsie, les accès de danse de Saint-Guy... Il faut se contenir, ne rien montrer... il faut de toutes ses forces se cramponner à ce qui est là autour, il faut regarder autour de soi... ce lieu paisible, rempli d'objets rassurants, ce vieil ami charmant venu en voisin... Quel bon vent... On est toujours contents de se retrouver, de bavarder... Les jeunes sont un peu turbulents, un peu fatigants, ils sont montés se coucher, la porte derrière eux s'est refermée, nous sommes seuls, contemplant cela, cette sculpture posée là entre nous sur la table basse... Une pièce superbe...

Mais ça monte en lui, impossible de le retenir plus longtemps, impossible de le contenir, cela exploserait en gesticulations démentes, en cris indécents... il faut essayer de l'endiguer, il faut le plus doucement possible soulever la soupape, laisser échapper un mince filet, éviter l'attaque en pratiquant une légère saignée... Oui, oui, oui, oui, vous avez raison, oui, je suis heureux, oui, de vraies joies... mais vous savez... je sais bien que c'est idiot... mais je vais vous avouer... quand on tient comme vous et moi à certaines choses, alors un certain manque de sensibilité, un certain, oui, un certain mépris... — L'autre hoche la tête... — Je vous comprends, je crois que ça me serait désagréable à moi aussi... Mais il me semble, enfin, je n'y connais pas grand-chose... Son regard devient un peu vague, sur son visage s'étend comme une mince pellicule d'ennui... Mais j'aurais cru... Ne croyez-vous pas que cela peut s'éduquer, qu'il est possible d'inculquer...

Il n'y a plus moyen de contenir ce qui jaillit de lui et se contorsionne de rage impuissante, de douleur... Ha éduquer, vous en avez de bonnes... ha inculquer... Essayez donc un peu... Couchez-vous devant eux, galvaudez, ravalez-vous, étalez vos tripes pour qu'ils s'en nourrissent, ils cracheront dessus, ils saliront tout... Oh pardonnez-moi, je ne sais pas ce qui me prend... excusez-moi, attendez-moi juste quelques instants, une seconde, je vais juste... je dois...

Il bondit, il monte l'escalier, il tourne la poignée... Pourquoi la porte est-elle fermée? Il chuchote... Ouvrez-moi... — Oui, tout de suite... Attends une seconde... On l'a refermée parce qu'elle s'ouvre tout le temps... Tu ne supportes pas les portes qui battent... Voilà...

Visages aux tendres courbes innocentes, aux yeux limpides qui s'ouvrent tout grands... Mais qu'est-ce qu'il y a? — Il y a qu'il est tard... Vous avez dit vous-mêmes... Je croyais... vous n'aviez pas la force de rester un instant de plus... — Tu voulais qu'on reste? Il fallait le dire... — Non, je ne voulais rien, non, bon, très bien, bon, bon, ça va. Il redescend, son sang a reflué de son visage, son cœur bat...

Pardonnez-moi. Ils disent qu'ils sont fatigués et puis ils restent à bavarder, demain ils auront des mines de papier mâché, ils se plaindront.

Dans le silence, dans le vide, maintenant, cela se déploie, tend les contours de ce dos, de ce ventre, de ce mufle, de cette oreille pareille à une roue de pierre. Ils vibrent doucement... des ondes s'épandent...

Comment des petits rires idiots... quelle force ont-ils?... Que pouvons-nous lui faire, à ta grosse bête?... Ah pauvre fou qui prends tout tellement à cœur. Si compliqué. Un peu persécuté sur les bords, reconnais-le... Ils grimpent sur ses genoux, ils lui chatouillent le cou, ils lui tirent la barbe... On n'a pas voulu être méchants... Il a suffi que tu nous montres que ces rires t'agacent, et aussitôt, tu vois, on s'est arrêtés... on avait juste voulu te taquiner un peu, on est un peu taquins, tu le sais, et comment résister avec toi? Tu prêtes tellement le flanc... taquins lutins, facétieux diablotins, tendres caresses de leurs doigts frais... rires mutins... Tu serais content, ça te ferait plaisir... allons, dis-le, qu'on soit comme... tu sais qui on veut dire... Toi-même, tu t'en souviens, tu riais plus fort que nous, c'était si amusant quand tu nous montrais ça, quand tu organisais pour nous ces séances de lanterne magique, de guignol... On riait tant, on battait des mains, on était si heureux ensemble... Tous ces masques, tous ces personnages que tu fabriquais si bien : la lourde fille aux ongles coupés court, entourés de bourrelets... — Oui, comme ceux des madones des primitifs flamands... — Pourquoi des primitifs flamands? Que vas-tu chercher? Et puis, quand bien même... primitifs ou non, flamands ou non... c'était répugnant à regarder... laid comme elle, carré et boursouflé comme elle... spongieuse et molle... se laissant imbiber... des explosions de rires accueillaient son entrée...

Personne ne sait mieux que lui contrefaire sa voix, son ton péremptoire mis en sourdine comme à l'église, comme au musée... Regardez-la. Vous savez ce qu'elle aime en ce moment? Piero Della Francesca, comme par hasard, justement lui, pour ne pas faire comme tout le monde, ha, ha, juste maintenant quand il est la coqueluche... Et vous savez ce qu'elle a fait pendant ses trois jours de congé? Elle est allée à Londres, figurez-vous... Et savez-vous pourquoi? Ils s'agitent sur leurs bancs, ils crient... Non, non, dis-nous, on ne sait pas... Eh bien, évidemment pas pour tout ce que vous pouvez imaginer... pour tout ce qui vient de surgir en vous aussitôt, n'est-ce pas? quand vous avez entendu ce nom : Londres... tout ce que vous et moi nous voyons... Pourquoi en parler? C'est notre héritage commun, notre bien indivis, il ne faut pas le morceler, pas l'abîmer... « Non, je suis allée à Londres pour voir l'exposition d'art japonais de la Tate Gallery. J'y ai passé tout mon temps. C'est admirable. C'est étonnant... » Ils secouent leurs chevelures qui ont gardé la fraîche odeur de mousse, de vase des rivières ombreuses, ils dilatent leurs narines emplies de l'odeur juteuse des prairies, des pelouses, ils ouvrent leurs lèvres encore humides de thé, de porridge laiteux... et ils rient... Et ceux-là, regardez-moi ces deux-là, vous les connaissez... On dirait des jumeaux... tous deux efflanqués, voûtés, vêtus à peu près de la même façon... qui s'entendent si parfaitement... le couple idéal... voyez ce qu'ils ont ramené de Leningrad... Devinez. Je vous le donne en mille... les impressionnistes du musée de l'Ermitage au Palais d'Hiver... — Rien d'autre? Oh non... c'est trop... voix affaiblies par le rire... Non c'est trop, là tu exagères... — Pas du tout, je vous le jure... il peut à peine parler, lui aussi le rire le secoue... Je leur ai dit : Mais quand même, ce n'est pas possible... C'est ce qui vous a le plus frappés? A Leningrad? Et vous n'y étiez jamais allés? « Non. Jamais. »

Oh venez tout près, venez contre moi, vous que j'aurais choisis entre tous, si j'avais eu le choix... vous intacts, vous purs, innocents... poulains, agneaux, petits chats... pour un de vos gestes charmants quand vous passez la main sur votre front, quand vous posez la main sur votre bouche pour retenir un bâillement d'enfant... quand vous bondissez, courez, vous poursuivant dans l'escalier, loin des vieilles bêtes de pierre grumeleuse, quand vos rires légers...

C'est peut-être lui, assis là en face de moi, lourd, tassé, disant sur un ton péremptoire : Elle mériterait de figurer dans un musée... C'est ça, j'y suis. C'est ça qui vous a fait rire. Chaque mot est à retenir. Chaque mot — une perle. Comment a-t-il dit ça? « Ça mériterait »... la plus haute distinction. Résultat de la plus sûre sélection. « De figurer »... le mot à lui seul... mais a-t-on besoin entre nous de commenter?... « Dans un musée »... parmi les sarcophages, les momies, les frises du Parthénon, près de la Vénus de Milo... devant laquelle les gens... il le leur a raconté lui-même... lui-même leur a apporté ça, ce joli petit cadeau déposé tendrement dans leur soulier... devant laquelle autrefois les gens entraient en transe, parfois le choc était si fort qu'ils perdaient connaissance... et maintenant... Ça t'aurait ennuyé si nous nous étions, nous aussi, devant elle arrêtés, pétrifiés de respect... tu nous aurais tirés par la manche...

Mais ne t'inquiète pas, il n'y a aucun danger, nous savons bien devant quoi en ce moment certains tombent en arrêt... Seulement voilà... nous ne tombons pas, nous ne tombons dans aucun panneau, nous sommes forts, indépendants... nos yeux se détournent, se tournent vers les hautes fenêtres derrière lesquelles dans les allées entre les pelouses des vieilles dames jettent des graines aux pigeons, courent des enfants... vers ce qui n'est pas examiné sous toutes ses faces, évalué, classé, conservé, embaumé, exposé, dégageant... Mais comment se peut-il que personne ici ne sente cette fade, cette douceâtre odeur?...

Silence. Attention. Regards fixes. Contemplez. Combien de temps faudra-t-il rester figés? Quand sera-t-il permis de s'échapper? N'a-t-on pas assez respecté les convenances? Ne s'est-on pas approchés et n'a-t-on pas examiné comme il se devait?... On a même posé la main et caressé... Non, ça non, n'exagérons rien. Qu'est-ce qu'ils se seraient imaginé, les deux grands prêtres, les deux tyrans? Non, on n'a pas poussé jusque-là l'obéissance. On a montré juste ce qu'il était possible d'exiger de componction... Et puis on s'est enfuis, on s'est réfugiés ici, et on déborde, on se roule par terre, on crie, on rit... Passe-moi un peu ça, que je le contemple... passe-moi... Non, attends, je l'ai pris le premier, non, laisse-moi juste voir... Ah voilà tout ce que j'adore... mais attends une seconde, mais ne me l'arrache pas des mains comme ça...

Penchés tête contre tête, feuilletant les pages glacées, leurs regards courant librement le long des modestes contours, des lignes qui ne se permettent jamais — elles n'ont pas cette prétention — de les retenir, de les fixer, de chercher à se faire admirer, de se pavaner... elles ne demandent rien pour elles-mêmes, toujours prêtes à être abandonnées, oubliées, satisfaites si elles arrivent à bien remplir leur rôle de simples signes, de jalons sur un chemin parcouru dans une galopade effrénée, dans un bruit de casse, d'explosions, vroum, boum, plouf, patapoum, tout bondit, vrombit, vole, s'écrase, brûle... les motos foncent vers les falaises à pic, les avions se catapultent dans le ciel, on est emportés, haletants, pris de vertige, pris de fou rire, vers la catastrophe, vers l'anéantissement, plus vite, plus loin, encore... nous les casse-cou, les casse-tout, les têtes brûlées... de nos bouches grandes ouvertes, entre nos larges dents pareilles aux dents métalliques des bennes preneuses sortent, enfermés dans des sacs en papier comme ceux où soufflent, que gonflent et font éclater les enfants, dans des ballons comme ceux qu'ils laissent flotter puis lâchent et regardent disparaître dans le ciel, des mots à nous, des mots à tous, des mots de série, prêts à porter, des mots usés jusqu'à la corde, ceux des humbles, ceux des pauvres... plats et vulgaires... oh combien, si tu savais... leurs rires explosent... même pas des mots, c'est encore trop beau... des braiments, des bêlements de troupeaux aux cerveaux vides comme nos cerveaux à nous, les minus, les parias... plus parias et plus minus que tu ne peux l'imaginer... comment le pourrais-tu?

comment pourrais-tu nous suivre jusque-là, dé-
gringoler derrière nous si bas... même dans tes
plus affreux cauchemars tu ne pourrais pas voir
jusqu'où nous sommes capables de descendre...

Seuls maintenant, penchés l'un vers l'autre,
les deux amis tournent en tous sens la pierre
posée entre eux sur la table basse... les deux
avares passent tendrement leurs mains sur ce
coffret précieux, cette cassette où a été déposé,
où est enfermé en lieu sûr, conservé pour
toujours quelque chose qui les apaise, les
rassure, leur assure la sécurité... Quelque chose
de fixe, d'immuable... Un obstacle placé sur le
cours du temps, un centre immobile autour
duquel le temps, retenu, tourne, forme des
cercles... Ils se retiennent à cela, algues, herbes
mouvantes accrochées au rocher...

C'est curieux... il n'y a pourtant rien de
commun... je ne sais pas pourquoi cette bête me
fait penser... Je ne sais pas si vous vous
souvenez... au musée de Berlin, dans la section
des sculptures égyptiennes, une femme, à
gauche, juste en entrant... — Oui, oui, je crois
que je vois... — Eh bien, il y a dans la ligne de
la cuisse, de la cuisse droite qui s'avance... là... à

partir de la hanche... Il soulève d'un brusque élan son corps lourd, il se place au milieu de la pièce, penche un peu en arrière son torse gras, avance son pied, passe la main le long de sa jambe... là... vous voyez... Juste ça... d'ici à là... Mais alors admirable... — Oh oui, je vois... — Étonnant, n'est-ce pas? J'en suis resté saisi. J'en ai parlé un jour à Duvivier... Eh bien, figurez-vous, il va encore plus loin que moi... Il m'a dit que c'est ce qui l'a le plus frappé dans tout ce musée... — Oh, là je crois qu'il exagère. Mais c'est vrai que j'échangerais, moi aussi, contre ça... Ils se taisent, se recueillent...

Sur cette relique rapportée de pèlerinages lointains, de longues pérégrinations à travers l'espace et le temps, sur cette parcelle isolée avec soin, prélevée, transportée, conservée intacte et versée à leur fonds commun, leurs regards d'un même mouvement convergent... En elle, comme deux tendres parents qui se penchent sur leur enfant, ils se rejoignent, ils se confondent... Moments d'entente parfaite...

Si fragile, on le sait bien. Qui ne sait que les fusions les plus complètes ne durent que peu d'instants. Il est imprudent d'engager trop souvent, de prolonger trop longtemps l'épreuve, même entre proches, même entre soi... Une autre forme, une autre ligne ramenée d'ailleurs ne suffit-elle pas pour qu'aussitôt se séparent, s'éloignent l'une de l'autre, encerclées de solitude, les deux âmes sœurs? N'est-ce pas là notre lot à tous, notre inévitable sort commun?

Alors pourquoi quand nous, tout à l'heure... quand nous nous sommes permis... mais permis quoi?... vraiment rien, moins que rien... pas même la largeur de notre langue... pourquoi aussitôt haro sur les baudets?... Pourquoi ce regard de mépris haineux quand nous nous sommes levés, quand nous nous sommes approchés et inclinés poliment pour prendre congé? Pourquoi, toujours sur le qui-vive, il nous observe comme s'il guettait l'apparition sur nous de signes, de stigmates, de symptômes révélateurs d'un mal caché... un mal que lui seul connaît?

Mais comment les pauvres petits pourraient-ils comprendre? Comment peut-on croire — et pourtant il faut bien le constater — que quelque chose d'aussi vague, d'aussi subtil puisse, fixé dans des gènes, être transporté comme une tare héréditaire de la mère aux enfants?

Aurait-il jamais pu prévoir que malgré tous ses soins, ses efforts, ce mal se développerait en eux inexorablement et se révélerait au grand jour, provoquant en lui la même souffrance, ce même désarroi qu'autrefois... il était jeune, marié depuis peu de temps... quand, n'y tenant plus, perdant tout respect de soi, tout sentiment de pudeur, abdiquant toute décence, il se présentait, tout bafouillant, pour être rabroué aussitôt : Qu'est-ce que c'est encore? Qu'est-ce qu'il y a? Toujours insatisfait? Toujours à vouloir la lune? A chercher la petite bête? — Oui, la petite bête, c'est vrai? la très petite bête, n'est-ce pas? Grondez-moi, je ne demande que ça...

Ils lèvent les yeux au ciel... — Ah, quel gâchis... Quand il y en a tant qui sont frustrés, qui ont des malheurs, des vrais, et qui n'oseraient jamais... — Oui, des malheurs. Des vrais. Reconnus. Catalogués. Classés. Inscrits sur fiches. Tous les malheurs, tous, vous les connaissez, n'est-ce pas? C'est exactement ce qu'il me faut. C'est pour ça que je suis venu vous consulter. Pour savoir si ma « petite bête » à moi, si par hasard elle ne figurerait pas quelque part, si elle ne serait pas admise, elle aussi, classée... — Ça m'étonnerait, vous connaissant... — Mais peut-être la trouvera-t-on, ajoutée à quelque chose de vraiment important... comme un corollaire, en quelque sorte, un adjuvant?...

Haussements d'épaules, soupirs résignés : Enfin, montrez. Vous êtes marié depuis combien de temps? Voix molle : Trois ans bientôt... Mais de ce côté-là, je crois que vous perdez votre temps. Il faut chercher dans les mariages heureux. Dans le casier des mariages parfaits. Mais je me rends compte qu'il n'y a guère de chances... Mon cas ne peut pas avoir été prévu... — Quel cas? — Eh bien, voilà... c'est une question de goûts... — Ah, vous n'avez pas de goûts communs? Pour ça nous avons une section assez importante... Il faudrait regarder à voyages, nature, sports, moyens de locomotion, relations, réceptions, sorties, enfants, animaux domestiques, campagne, ville, bord de mer, montagne... — Non, là je crois qu'on ne trouvera rien... Ce serait plutôt du côté de la sensibilité es...esthétique... — Vous êtes artiste? — Non, pas du tout. Mais simplement... Enfin, j'aime bien... Enfin, ça compte pour moi... — Alors il faut regarder à : goûts artistiques. — Oh, c'est un mot... — Ah, vous savez, ici tous ceux qui se présentent doivent perdre certaines prétentions. C'est un lieu où viennent consulter des gens de toute sorte. Très simples pour la plupart. Plutôt primitifs. Les raffinés, les esprits forts se passent de nous. Ils n'en font qu'à leur tête. Il baisse le nez... — Oui, je sais. — Eh bien, voyons à goûts artistiques... Feuilletant les fiches : Musées? — Oui, si on veut... — Votre femme n'aime pas les musées? En voyage, ça peut évidemment présenter des inconvénients. Mais en temps normal... — Ce n'est pas ça... — Elle préfère les fresques de Raphaël au plafond de la Sixtine? C'est ça qui vous donne ce déchirement? — Non, ne riez pas, c'est plus grave... — Oh, « grave », sûrement... hochant la tête d'un air emphatique... « tragique » conviendrait mieux!

De la table voisine un vieillard à cheveux blancs regarde de côté par-dessus ses lunettes, se penche, chuchote : Mais c'est atroce, elle n'aime pas du tout... — Quoi? Elle n'aime pas du tout? Pas l'art? Du tout? Vous auriez vraiment pu vous en apercevoir avant. D'autant plus que c'est par des visites aux expositions, aux musées que, chez des gens comme vous, très souvent tout commence... — Non, ce n'est pas qu'elle n'aime pas. Elle a ses goûts, évidemment... — Mais pas les vôtres, hein, petit tyran? Et c'est pour ça qu'on souffre, qu'on cesse d'aimer, qu'on gaspille des trésors... qu'on nous fait perdre notre temps... C'est honteux. Quel enfant gâté... — Non, non, se cramponnant, implorant, non, ne croyez pas ça, je sacrifierais... je pourrais supporter sans réagir... mieux que d'autres peut-être... — Oui, on dit ça... — Non, c'est vrai, je vous assure... Mais quand je suis devant quelque chose d'où cela émane, s'épand en moi... quelque chose pour quoi je donnerais... eh bien, il suffit qu'elle soit là, près de moi, pour que je sente, sortant d'elle, comme un contre-courant... plus rien ne passe, tout se tarit, s'éteint... Et mon sentiment pour elle, aussi... comme si elle avait commis... Je sais, je suis impardonnable, je me méprise, je suis un monstre... Qui peut m'aider?...

Ils plissent les lèvres, l'air apitoyé, ils se penchent, ils cherchent... — Vous avez raison, rien ici n'est prévu pour votre cas. Heureusement, d'ailleurs. Où irait-on? Qui pourrait répondre à tant d'exigences? Il faut vous résigner. Refouler vos mauvais sentiments. Voyons, que pourrait-on lui donner pour l'aider quand ça le prend?... Tout ce que nous possédons est bien trop grossier, trop simple... — Mais c'est ce que je veux. Je suis venu chez vous pour cette raison. Il me faut quelque chose de large, d'épais, pour écraser ça, quand en moi ça se met à remuer, à grouiller partout... quelque chose que je pourrais poser dessus au bon moment, juste quand je sens que ça commence... — Il faut chercher à : Dictons. *Vox populi.* Sagesse des nations... Voilà tout ce que je trouve... Montrez... Vous voyez, nous ne pouvons rien vous donner d'autre que : « Des goûts et des couleurs. »... Il le saisit avidement, il s'incline, il remercie... Vous devez vous répéter ça, il faut bien vous l'entrer dans la tête, ça pourra peut-être vous soulager : « Des goûts et des couleurs. » Je sais bien que ce n'est pas ce qu'il vous fallait. Mais sait-on jamais? Si vous vous le répétez assez souvent... Il y a des gens un peu dans votre genre — moins atteints que vous, il est vrai, plus sains que vous, plus résistants — mais enfin... qui s'en sont trouvés très bien.

— Oui, merci, oui, « Des goûts et des couleurs », oui, il ne faut pas demander l'impossible, vouloir la lune... Des goûts et des couleurs... Chacun est libre. Chacun est seul. On meurt seul. C'est le lot commun. Oui, c'est ça. Merci bien. Oui. Des goûts et des couleurs...

— Tout le monde, figurez-vous, n'est pas de notre avis. Pas de notre avis du tout... L'autre retire la pipe de sa bouche, la tient dans sa main levée... — Qui, par exemple? — Eh bien, Gautrand... Figurez-vous qu'il a examiné cette bête de près, et il a trouvé... pour lui c'est plutôt une chose de basse époque, copiée sur un modèle courant... Enfin ça ne l'a pas emballé... — Tiens... l'ami replace le tuyau de sa pipe entre ses dents, dans son regard immobile, attentif, il y a de la surprise... C'est ce ton excité tout à coup, cette agressivité subite dans la voix qui doivent lui paraître un peu étranges... Que peut vous faire l'opinion de Gautrand? Il a toujours si peur de se tromper, de ne pas passer pour un fin connaisseur... Basse époque ou pas... Copie ou pas... Il me semble qu'il suffit de regarder... Il étend sa main potelée et la pose paisiblement sur le dos de la bête... — Vous en êtes sûr? Vous croyez? Gautrand a pourtant dégonflé pas mal de fausses valeurs... sa voix tremble... Il s'y connaît mieux que la plupart des gens... et moi aussi, je dois dire que par moments, je me demande...

L'ami retire vite sa main, dans ses yeux à l'étonnement se mêle la crainte... le désarroi de celui qui croyait se trouver en compagnie d'un ami et qui le voit tout à coup changer de visage, de voix, de ton, qui sent brusquement sur son poignet le froid coupant de la menotte, perçoit le déclic, n'en croit pas ses sens... se débat... — Mais je ne comprends pas... Vous-même tout à l'heure... vous me disiez... Il entend un petit ricanement... — Mais moi, qui suis-je? Mais moi, quelles preuves ai-je données? Est-ce que j'ai jamais, moi, comme Gautrand, découvert quoi que ce soit? Est-ce que je possède des collections? Moi aussi, tenez... maintenant quand je la tourne de ce côté, je lui trouve un drôle d'air... facile, non? ha, ha, un peu vulgaire?... Ne me regardez pas comme ça. Je n'ai pas, moi, cette certitude de détenir le goût absolu... je peux me tromper, hein? Pourquoi pas? Je suis tout prêt à le reconnaître. Je suis tout prêt à me soumettre... Ne prenez pas cet air scandalisé. Je suis modeste, moi, tout prêt à renier mes erreurs passées. Je m'incline devant les autorités quand elles se trouvent du bon côté. Je me demande comment j'ai pu...

Fallait-il être fou pour m'écarter de ceux qui me sont chers, pour briser de si doux liens et adorer cette pauvre chose, m'extasier devant cette camelote... Mais c'est fini. Plus de déchirements. Plus d'arrachements. Je suis des vôtres, vous là-bas. Vous mes proches, vous, les miens... Ils accourent... ils me prennent dans leurs bras... Oui, tu vois bien, nous sommes avec toi, on ne se quittera plus, tout est réparé... Non, ne me serrez pas comme ça... Non, lâchez-moi, je ne veux pas, j'ai peur... non, laissez-la, ne me la prenez pas, j'y tiens tout de même, moi, à cette bête, vous comprenez... Si je l'abandonne... N'y touchez pas, c'est sacré. Je suis prêt pour la défendre... Pour elle...

Ils desserrent doucement ses doigts, ils la soulèvent et la font tourner dans la lumière... une pauvre chose... Leurs mains fortes et douces le retiennent... Il balbutie... Une pauvre chose... Oui, c'est vrai... Vous le saviez? — Mais bien sûr qu'on le savait. Ça crève les yeux, voyons. Oublie-la, sors d'ici, regarde-nous. Leurs frais visages joyeux l'entourent,

leurs rires frais l'aspergent... Sont-ils charmants... Ils n'ont pas besoin d'étudier les hautes
ou basses époques, il leur suffit de jeter un coup
d'œil...

Leur esprit mobile, agile, léger, bondit, se
laisse porter, ballotter, entraîner par ce qui
bouge, se déploie, se défait, glisse, tourbillonne,
disparaît, revient... lentes apparitions à peine
perceptibles... brusques surgissements, chocs
imprévus, répétitions aux nuances infinies...
reflets... diaprures... Rien ne leur répugne
autant que de s'immobiliser, de se fixer, de se
laisser remplir et de s'assoupir avec des sourires
béats de poupons gorgés... tout ce que tu
désires, tout ce à quoi tu aspires, pauvre vieux
fou... Mais n'y pense plus, renonce, viens,
lance-toi à corps perdu comme nous...

Il pousse de petits cris séniles d'excitation, de
satisfaction, il ouvre toute grande sa bouche
édentée, il rit aux anges... Oui, je vous suis, oui,
voilà, j'y suis, je vais vous surprendre, je suis
plus jeune, plus fort et allant que vous ne
croyez... vous verrez, vous n'aurez plus besoin
de me tenir à l'écart, de m'abandonner... Je suis
des vôtres, avec vous...

Avec nous, vraiment? Avec nous, ainsi, d'un
seul coup. Comme c'est vite dit. Et on l'accepte, on ne lui fait subir aucune épreuve? On

passe l'éponge sur un passé pourtant si lourd, on ne lui pose aucune question, on ne juge pas bon de lui demander comment il se fait qu'un seul mot de désapprobation prononcé par un M. Gautrand ait suffi pour faire crouler tout son bel enthousiasme? Il aurait suffi, je vous en réponds, que ce Gautrand lui dise que la forme de l'oreille, là, ce repli, garantit que cette bête est le plus authentique produit... comme on n'en voit que dans les musées... à Mexico, à Lima... pour qu'il nous rejette avec mépris, nous les paresseux, nous les ignorants... Vous avez vu son air, quand nous nous sommes approchés avec respect, quand nous allions toucher... son mouvement, oui, presque de répulsion... comment nos mains impures pouvaient-elles oser? Comment nous, pouvions-nous avoir l'audace de juger? Mais voilà, Gautrand a parlé. Il est venu et il a apposé son tampon. L'objet peut être envoyé au rebut. Et lui, libéré, le cœur léger, peut passer de notre côté. Mais ce n'est pas si facile, mon bon ami.

Il entend leurs petits rires, leurs chuchotements... ils se concertent, ils flairent le faux ralliement... Vous savez bien qu'il en est un... Oui, il est dans leur camp, il est l'un d'entre eux, tout au bas de l'échelle... Il voudrait bien grimper, s'asseoir sur les plus hauts degrés, là

où se tiennent, oui... légère explosion... les plus
cotés... — Parmi les cuistres?... — Non, tais-toi
donc... A quoi penses-tu? Comment oses-tu?
Ce sont des érudits... C'est une caste, c'est une
secte, c'est une société secrète... leurs mots
sifflent, le lacèrent... On les voit toujours
rassemblés, qui s'assemble se ressemble... Il y a
entre eux, vous l'avez remarqué, un air de
famille. Oui, chez tous ce même contentement
lourd, épais... Cette considération réciproque
des nantis. Et cette même notion de « travail »...
ils s'esclaffent... de l' « effort », leur travail, leur
effort à eux, jour après jour... ne renâclant
jamais... jamais rebutés, lassés... Estomacs d'au-
truche. Gloutonnerie. Avidité. Glanant partout,
amassant, thésaurisant pour être sûrs de ne
jamais être pris de court, de ne jamais « manquer »... Vous connaissez ses regards inquiets de
vieux maniaque quand tout à coup devant lui
l'un d'entre eux exhibe quelque chose qui lui a
échappé, dont il ne s'est pas emparé... Cet air
gêné, diminué, cette voix atone... Non, je ne
connais pas... Non... Où avez-vous vu...? Et le
richard satisfait faisant admirer son trésor :
Figurez-vous que je l'ai trouvé autrefois dans
un petit bouquin passé inaperçu, écrit bien
avant qu'on ait tant publié sur l'art étrusque...
Ou bien, perfidement, jouant les modestes : Oh
non, je n'ai vraiment aucun mérite... On ne

parlait que de cela il y a quelque dix ans...

Et lové dans un recoin, chez chacun un désir inassouvi, lancinant... de posséder encore... juste ça... ce qui ne s'acquiert pas, ce qui vous est donné... ce qu'un sort injuste a distribué à tort et à travers aux moins méritants, aux tire-au-flanc, aux flâneurs, veules, gâtés, se portant en écharpe, incapables d'exécuter des corvées, de se plier aux disciplines, leur mémoire malade rejetant ce qui est sain... fouillant dans les poubelles, se nourrissant de détritus, de morceaux de rebut... de la pourriture dont pour rien au monde... ça soulève le cœur... mais eux s'en repaissent, ça les engraisse, ça leur profite, à ces « créateurs », à ces « artistes »... Des demi-cultivés? Eux? Vous êtes trop généreux. Dites plutôt des quarts, des huitièmes... En voilà un, là-bas, regardez-le en train de se pavaner, entouré d'ignorants comme lui. Mais attendez un peu, mes petits amis, faites-nous voir un peu... qu'on examine ça... Je m'en doutais... Est-ce possible? Mais c'est du cynisme... Du cynisme! Oh que non, ce serait trop beau, vous lui prêtez trop. Le pauvre croit sincèrement être le premier à avoir fait cette étonnante découverte. Et il n'a eu aucune peine à les convaincre... Il faut sévir... Non, laissez. A quoi bon? Pour un de dénoncé, dix autres surgissent.

— Oh, parfait, il me semble que je les

entends... Toi, quand tu t'y mets, tu es impayable... — Vous êtes trop bons... baissant les yeux modestement, saluant... Mais je n'ai vraiment aucun mérite. Nous connaissons tous la musique...

Et, se tournant vers lui qui humblement attend, poussant un soupir... Non, décidément il n'y a rien à faire, mon pauvre ami. Non, vraiment, tu n'es pas des nôtres. Quelle naïveté étrange te fait espérer de passer ici, de faire partie de notre petit clan... Et en t'abritant derrière qui? C'est à mourir de rire... C'est à ne pas croire... Derrière l'autorité de Gautrand... Oui, lui, pas moins, comme répondant...

— Mais Gautrand, c'était pour me délivrer, c'était pour m'échapper, pour repousser de moi ce dévot confit, pour lui montrer que son avis, que notre avis... à tous deux... que peut-être nous nous trompions, que dans ces choses-là rien n'est absolu... des goûts et des couleurs... c'était pour lui prouver que vous n'étiez pas seuls, que d'autres, comme Gautrand, vous donnaient raison... — Ah, d'autres, comme Gautrand... Et tu crois que nous nous y laisserons prendre?... « D'autres » est très bon, « d'autres » est excellent... d'autres comme nous, n'est-ce pas? Mais à t'entendre Gautrand serait l'un des nôtres. Notre semblable. Notre égal.

Faut-il que tu nous trouves vraiment stupides... Voici Gautrand le surveillant, Gautrand le prof, l'inspecteur de l'enseignement descendu parmi nous, assis en culotte courte sur nos bancs...

Et si contre Gautrand, contre tous ceux comme lui... Oui, très bien, voilà la bonne question... Oui, réponds-nous à ça : Si envers et contre tous les Gautrand du monde, nous nous étions permis... Des goûts et des couleurs, n'est-ce pas? Si nous avions osé... Horreur. Péché mortel. Hérésie. Excommunication. Quelle honte. Quel malheur. Et que ça lui arrive à lui. C'est incroyable. C'est inexplicable. Après tant d'efforts pour les préserver, pour empêcher les mauvaises fréquentations, les contacts salissants...

Mais le mal est partout, il surgit n'importe où, à n'importe quel moment, quand on s'y attend le moins, quand on se croit le plus en sûreté... Juste à côté de nous, ces petits rires, ces ricanements... ces regards qu'ils ont lancés en se retournant quand il a dit tout bas... il n'a pas pu s'en empêcher... petits imbéciles.

Ils l'ont toisé un instant et puis ils se sont détournés, des gaillards bien plantés sur leurs jambes écartées, le torse bombé, leurs bras musclés entourant les épaules des filles, leurs mains pressant leur nuque... et elles s'appuyant contre eux, riant... tandis qu'ils montrent du doigt... Non, mais regarde-moi ça... Là... cette tête... — La tête de femme? — Tu appelles ça une femme!... C'est comme ça que je t'aimerais, toi, ma jolie... le nez sortant par ici... et l'œil... oh l'œil... Mais vous savez que c'est le portrait de sa dulcinée... Vous savez qu'elle va, paraît-il, grâce à ça entrer dans l'Histoire... Elle le mérite, entre nous, elle est vraiment unique dans son genre. — Heureusement, mon vieux, parce que moi, si j'étais avec une pareille beauté... Il est très fort... chapeau... — Oh, mais dis donc, et ça, qu'est-ce que c'est?... Une casserole? — Non, un moulin à vent. — Un avion... — Mais pas du tout. Regarde le titre. C'est... c'est... Oh non, pour qui on nous prend?

Venez, partons, c'est insupportable à la fin. Voyous. Graine d'assassins. S'il pouvait ameuter les spectateurs, alerter les gardiens... que les sirènes des cars de police fassent retentir leur sinistre hululement, que les forces de l'ordre en rangs serrés, matraque au poing, entrent... Où sont-ils? Montrez-les... Et lui, tremblant d'impatience, courbé par l'empressement, lui guidant les gendarmes, les précédant à reculons, courant devant eux, les stimulant... Ici, ici, par là... ils sont là-bas... Je les ai vus. Un petit groupe... J'ai entendu chaque mot, leurs ricanements... Ils s'excitaient entre eux... Tenez, les voici. Regardez-les, c'est eux... Voyez-les devant ça... devant ces chefs-d'œuvre... Vite. Menottes. Paniers à salade. Passages à tabac. Pas d'autre argument avec eux. Interdit de se moquer, compris? Sinon, voilà, tiens, attrape, ça t'ôtera l'envie de recommencer... Mais à quoi bon? La brute, au mieux, fera semblant de céder. Et en elle, tout au fond, aussitôt ses plaies pansées, aussitôt sa peur passée, cela va se reformer, cela va sourdre... Que peut-on faire? Comment l'empêcher? Même du fond des cachots, des oubliettes, ça va jaillir d'eux, s'infiltrer, empuantir, flétrir... il faut les abattre, les écraser...

— Mais dis donc, tu as vu ces regards meurtriers? Ils rigolent, ils lèvent le coude... Oh, j'ai peur... On a profané le saint des saints... Attenté... C'est qu'on n'a pas le droit d'y toucher, c'est sacré... Tu sais qu'il y a des amateurs, des « connaisseurs »... Tu sais combien ça vaut, ça, là-bas, la casserole... non, pas la casserole... enfin ce machin, là-bas... — Oh dis, combien? Oh, je le veux, mon chéri, achète-le-moi... — C'est insupportable à la fin. Allez ailleurs faire vos fines plaisanteries. — Oh pardon. Mais on ne parle pas fort. On n'a plus le droit d'échanger nos opinions? Vous, dites donc, vous ne vous gênez pas pour expliquer à ces chers petits... les pauvres... il y a de quoi les dégoûter pour la vie... — Partons, venez, à quoi bon discuter avec des... des...

Mais dans le regard qu'ils ont jeté derrière eux tandis qu'il les entraînait, il y avait comme une curiosité perverse, une nostalgie sournoise, une complicité...

Dans des organismes prédisposés, sur des terrains propices le moindre germe se développe, prolifère... On a beau tout aseptiser, filtrer, retirer de leurs mains, brûler tout ce qui risque de les contaminer... revues de mode, bandes dessinées... fermer les postes de radio, de télévision, arracher les panneaux-réclame, les affiches... Son œil dès qu'il est avec eux devient un instrument perfectionné de détection, perçoit partout et suit en eux comme sur une radioscopie le cheminement du mal, le progrès des lésions... Il est prêt à ne s'épargner aucun effort, à mettre en œuvre toute sa science pour les préserver, les assainir... pour les triturer, les modeler... leur appliquer les dernières méthodes recommandées... déposant en eux à leur insu, laissant à leur portée...

Se sont-ils approchés? Sont-ils en train de

flairer, d'absorber?... Incapable d'attendre plus longtemps il entrouvre la porte, il passe la tête... Ils ne l'entendent pas... étendus sur leur lit, ils feuillettent, ils s'arrêtent, absorbés... ils le laissent s'approcher, leur prendre des mains, déchirer, piétiner... Tiens, voilà ce que j'en fais... Mais où t'es-tu procuré? Mais comment peut-on perdre son temps?... Il trépigne, il crie, ils doivent percevoir dans sa voix la fureur puérile des faibles, un désespoir d'enfant... Eh bien, c'est très simple. Vous entendez : je ne veux pas de ça chez moi. Un point c'est tout. En fin de compte, je suis le maître ici, vous êtes sous mon toit. Vous savez que je défends. J'interdis... Leurs yeux vides aux pupilles dilatées glissent sur lui sans le voir tandis qu'il sort...

Mais ils ne perdent rien pour attendre, ils verront, on saura qui est le plus fort. Il faudra bien qu'un jour, affamés, ils se nourrissent bon gré mal gré de ce qu'ils trouveront, la nourriture placée dans la cage du petit animal captif... il faudra bien qu'ils se décident... Mais il faut faire très attention, prendre toutes ses précautions pour qu'ils ne puissent surtout pas se douter qu'il est là, tapi, à les observer... ils s'écarteraient aussitôt.

C'est ça qu'ils ont capté avec leur appareil

mis au point au cours de tant d'années, qui enregistre, venant de lui, les plus faibles vibrations, c'est cela qu'ils ont perçu quand il s'est écarté de la table d'un mouvement un peu trop vif, s'est détourné trop ostensiblement, s'est penché, a caressé leur chien avec un peu trop d'empressement... cette peur de les effaroucher et cet espoir tremblant... Ils savent — aucun manège ne peut les tromper — qu'il est toujours tourné vers eux, incapable de s'en écarter, de les oublier un seul instant... ils ont senti, collés à eux, ces fils qu'ils lui font sécréter, cette bave dans laquelle il essaie de les envelopper, ce fin lasso qu'il lance sur eux par-derrière... et ils se sont raidis, ils se sont écartés violemment, ils sont montés, le traînant derrière eux, le faisant se cogner durement, sa tête rebondissant contre les marches...

Leurs rires spontanés, qui coulent de source... Parfaitement naturels. Le léger trémolo un peu suspect était un faux mouvement, un défaut de mise au point aussitôt corrigé. Le naturel parfait est absolument obligatoire. Chacun d'eux le sait sans qu'aucun mot ait jamais été prononcé, aucun signe échangé... pas trace entre eux de la moindre connivence. Quelle connivence, Seigneur? Pourquoi? Ne sommes-nous pas ici entre nous, chez nous? Dans notre élément. Celui qui nous convient. Oui. A nous. Tels que nous sommes. Tels que Dieu nous a faits. Nous inchangeables. Nous qu'il faut bien accepter. Nous là-dedans comme des poissons dans l'eau, nous qui ne respirons nulle part plus à l'aise, nous qui n'aimons rien tant que nous ébattre parmi cela... Oh, passe-le-moi... Mais ne tire pas comme ça, tu vas le déchirer... Moi, que voulez-vous, je trouve que ça a un chic énorme... Là tu vas fort... Oh regardez... et les rires toujours sur le point de jaillir irrésistiblement fusent, traversent la porte fermée, l'aspergent...

Mais est-ce possible? On vous a dérangés? On riait pourtant doucement... Pas un vacillement dans leurs yeux candides, sur leurs visages lisses pas un frémissement... C'est lui, lui seul qui a déposé en eux... Il trouve en eux ce qu'il y apporte. Il aurait beau leur expliquer, ils ne comprendraient pas... Ce sont, n'est-ce pas? de telles subtilités. Racontez ça à n'importe qui. Prenez n'importe qui à témoin. Demande-lui donc, à ton ami... Parle-lui-en, essaie un peu d'aller te plaindre...

Écoutez... ces rires... Écoutez-les bien. —

Qu'est-ce qu'il y a? Qu'est-ce que vous avez?
— Ces rires... vous les entendez? Ces petits rires... comme des aiguilles... Mais réveillez-vous, n'ayez pas cet air hébété... Ces rires comme les gouttes d'eau qu'on fait tomber sur le crâne des suppliciés... c'est sur nous, c'est pour nous faire souffrir, c'est pour nous détruire... Vous ne les entendez donc pas? Mais en quoi êtes-vous fait? Non, bien sûr, vous ne pouvez pas me croire. Vous ne pouvez pas croire à tant de fourberie... L'autre se soulève, ses yeux grands ouverts fixés sur lui... Mais comment n'avez-vous pas remarqué quand... au moment où vous avez eu l'imprudence... où vous avez été assez fou... — Moi? Fou? Ah elle est bonne... — Oui, fou... se penchant, saisissant la bête à pleines mains, la brandissant sous son nez... Oui, je dis bien : fou. Fou à lier... pour oser devant eux aller chercher ça, le poser là, le contempler... ils se sont levés, ils ont repoussé ça, ils sont montés, et maintenant ils sont en train de souiller, de détruire... tout... tout ce qui donne du prix à la vie... voyez comment ils me font parler... quelle grandiloquence, quel manque de pudeur... voyez ce qu'ils font de moi... et ils m'achèvent lentement...

A ses hurlements de douleur, de fureur, la porte en haut de l'escalier s'entrouvre, ils avancent la tête prudemment... Qu'est-ce qui se passe? — Mais je ne sais pas, votre père est exaspéré. Vos rires le dérangent. Il est... tout... je ne sais pas ce qu'il a. Je n'y comprends rien. Ils descendent quelques marches, ils se penchent, l'air soucieux, par-dessus la rampe... — Mais qu'y a-t-il donc? Qu'est-ce qui ne va pas?

L'ami ne se sentant plus seul, assuré que la famille alertée le soutient, essaie doucement de ramener à la raison le forcené : Vous voyez, vous leur faites peur. Voyez comme ils sont inquiets. Ils étaient en train de s'amuser... — Mais oui, on s'amusait, on ne pensait pas que ça pouvait vous agacer... — Mais moi ça ne m'agaçait pas. C'est votre père qui s'est imaginé que... — Que quoi? Qu'est-ce qu'il est encore allé chercher? Qu'est-ce qu'on a encore fait? Dis-le... — Oui, dites-le-leur donc une bonne fois. Parce que moi, je serais bien en peine... Je n'ai rien, mais rien compris.

Il se tait. Il baisse la tête comme un gamin qui a fait sa petite colère... Non, ça n'a pas d'importance... sa voix est un peu rauque... Mettons que je n'aie rien dit. Je n'ai rien dit. — Vous voyez, il y a des moments... il ne sait pas lui-même pourquoi ça le prend. Quoi que nous fassions, nous avons le don de le mettre hors de lui. On ne sait jamais ce qu'il veut. On ne sait jamais ce qu'on doit faire pour qu'il soit satisfait... pour qu'il nous aime un peu... leurs visages se plissent, leurs lèvres s'abaissent en une moue d'enfant qui va fondre en larmes.

Ils descendent les marches l'un derrière l'autre, ils se tiennent alignés au pied de l'escalier, leurs maigres bras ballants le long de leurs corps efflanqués, devant l'assistante sociale que les voisins indignés ont fini par alerter et qui les observe, assise toute raide sur sa chaise, son calepin, son crayon à la main... Parlez donc, n'ayez donc plus peur. Ils se taisent, ils lancent vers leur tortionnaire des regards torves. Ils se poussent du coude... Le plus fort, le plus brave, enfin se redresse, rejette sa mèche en arrière, s'éclaircit la voix... Eh bien voilà... au fond c'est que... Une fille brusquement s'affaisse par terre, ses cheveux se répandent sur son visage, elle se met à sangloter... Oui... c'est que... c'est qu'on sent... — Oui, moi je l'ai senti depuis que j'étais tout petit, il y a en nous... je ne sais quoi... On a beau faire... il y a en nous quelque chose qu'il déteste... Oui, oui... tous opinent de la tête, ils chuchotent... Oui, qu'il hait... oui, à mort... il voudrait nous détruire... il est prêt à nous tuer... La moindre manifestation... L'autre jour, quand j'ai dit...

L'assistante agite son crayon... — Allons,

allons, si vous bredouillez, si vous parlez tous à la fois, comment voulez-vous que je comprenne... Ce n'est déjà pas très facile. Qu'est-ce que c'est donc? Essayez de l'expliquer. Qu'est-ce qu'il hait?... L'air un peu hébété, balançant leurs têtes d'idiot du village, reniflant... — Eh bien justement... on ne sait pas. Il ne le dit jamais. Mais il suffit qu'on ouvre la bouche... Il ne nous laisse pas respirer... Vous voyez, même pas rire un peu... même quand il n'est pas là... On était là-haut, la porte était fermée...

Elle se tourne vers lui, affalé dans son fauteuil, la tête baissée sur sa poitrine... — Vous ne leur permettez pas de rire, même entre eux? Il lève, il tourne vers eux des yeux implorants... — Vous savez bien que ce n'est pas vrai... ce n'est pas ça... vous savez bien... L'une d'entre eux relève son visage bouffi de larmes... — Qu'est-ce qu'on sait? elle pleurniche... C'est toujours pareil, il n'y a rien à faire... Mais dis-le, qu'est-ce que j'ai fait? Il ne vous l'avouera jamais, madame, jamais il ne vous dira que c'est à cause de ça... — Quoi ça? — Mais ça... sa voix, ses intonations sont celles d'un petit enfant... Mais ça, là, cette sale bête... Je ne lui ai pas montré assez de respect... je l'ai caressée pourtant... hein? C'est pas vrai? — C'est vrai, on s'est tous approchés, on l'a contemplée... mais pas assez longtemps probablement. Tous nos gestes sont minutés. Si on s'était attardés, il aurait pensé qu'on jouait la comédie. Quoi qu'on fasse on a tort. — Moi... elle fond en larmes de nouveau... moi quand j'ai dit... que c'était une sculpture crétoise... — Non, tu n'as pas dit ça, tu as dit : Ça fait penser à la sculpture crétoise. — Oui, c'est vrai... quelquefois je perds la tête, je dis n'importe quoi, juste pour dire quelque chose... Alors il s'est jeté sur moi, il a aboyé... La quoi? en prenant un horrible accent... la haine lui tordait la bouche... La quoi?... il m'a mordue... Alors on s'est tirés, on s'est dit que c'était plus prudent... C'est pas vrai, hein? ce que je dis là? Ils approuvent de la tête... — C'est vrai, il l'a mordue, on ne sait pas pourquoi... Alors on a pris congé très poliment... N'est-ce pas? Vous êtes témoin?... et on est montés. Et là-bas, entre nous, forcément on a voulu se consoler, se distraire un peu... Elle s'essuie les yeux, elle sourit... — Oui, ils m'ont montré des images, on a ri... et voilà le résultat...

Il écoute sans rien dire, tête baissée... La quoi?... Oui, la quoi? quand tout à coup, à sa stupeur, elle s'est permis, elle, sans autorisation, sans avoir jamais daigné faire le moindre effort pour obtenir le droit de s'avancer là où les gens les plus exercés, entraînés au prix de tant de peines, de sacrifices, d'abnégation, ne s'aventurent qu'avec précaution, avec crainte, elle a osé s'introduire avec une telle désinvolture... elle s'est emparée de cela comme si ça lui avait appartenu depuis toujours, elle a posé sa main dessus d'un air protecteur... il se retenait pour ne pas la repousser brutalement, pour ne pas lui taper sur les doigts... elle a, avec l'assurance des néophytes, avec l'arrogance des parvenus... uniquement pour le narguer, sûre que devant l'étranger il n'oserait pas sévir, que sa stupeur l'empêcherait de faire un mouvement... elle a eu l'insolence, savourant par avance sa rage impuissante, sa fureur rentrée... elle a, singeant le ton des vieux connaisseurs, osé dire : Ça fait plutôt penser à la sculpture crétoise. Alors il s'est jeté sur elle : La quoi? et elle s'est écartée d'un mouvement discret... on ne doit jamais montrer à un roquet rageur qu'on a peur de ses aboiements... et puis calmement, se détournant de lui, s'adressant d'égal à égal à son ami, elle a répété, tandis que les autres, se pressant autour d'elle, admiraient son sang-froid... Oui, vous ne croyez pas que ça fait penser plutôt à l'art crétois?... et triomphante, se penchant vers lui, lui tapotant la joue, tendant avec grâce sa main à l'invité, suivie des autres qui déjà retenaient leurs rires, elle s'est retirée...

La protectrice de l'enfance malheureuse pose sur lui un regard sévère... Eh bien, vous pouvez être content, vous avez obtenu de beaux résultats. Voilà votre œuvre, ces pauvres êtres apeurés, déchus, toujours fixés sur vous, observant chacun de vos cillements, sevrés de confiance, d'amour, craignant à chaque instant de vous déplaire, s'empressant d'obéir à vos plus vagues commandements... La sculpture crétoise... ce n'était pas ce qu'il vous fallait. Sculpture crétoise n'était pas dit comme vous le vouliez. L'intonation ne vous a pas plu. L'interrogation, le doute n'étaient pas bien dosés... pas seulement le doute : l'attente anxieuse de votre approbation n'était pas ajoutée dans les proportions exigées. Et aussitôt voilà ce que vous avez fait d'eux, voyez-les, prostrés à vos pieds, vous jetant des regards suppliants à travers leurs larmes... — La sculpture crétoise... N'est-ce pas toi qui nous en avais, un jour, parlé? Ai-je mal fait de m'en souvenir? De vouloir te faire plaisir? D'essayer de te prouver que tu n'as pas perdu ton temps? Mais il est clair qu'il ne s'agit là que d'un prétexte, le premier venu... tout lui est bon... tout est bon pour alimenter sa méfiance, son hostilité... cette haine contre nous qu'il a...

L'inspectrice dévisse son stylo, ouvre son calepin... Allons, dépêchons-nous, résumons. Est-il exact que vous ayez mordu cette pauvre enfant? Voilà des procédés éducatifs pour le moins étranges.

Il se redresse, il se secoue. Où sommes-nous? Que se passe-t-il? Mais madame, vous vous êtes trompée de porte, de quartier. Regardez donc autour de vous. Voyez cette pièce paisible, ce vieil ami assis en face de moi, ces rideaux de percale, ces pois de senteur, ces capucines, ces ipomées que ma fille, oui, celle-ci même, a cueillis dans notre jardin et disposés avec tant de goût dans les vieux vases, cette sculpture posée sur la table entre nous, une pièce unique que nous étions en train d'admirer... Observez ces enfants... il n'y en a pas de plus choyés... Où est la trace d'une égratignure? Qui a parlé de quelle morsure? — Mais vous savez bien, monsieur, qu'ils ont dit que vous les avez mordus... — Mordus! Montrez donc vos mollets, vos cuisses, vos bras... Mordus!... Elle se tourne vers eux... — Oui, montrez-moi. — Non madame, c'est inutile, c'est une morsure qui ne se voit pas... — Vous voyez, madame, ah ils devraient avoir honte... ah si moi à leur âge... mais ils sont pourris, si paresseux. J'ai eu beau leur faire donner des leçons par les meilleurs professeurs, voyez comme ils malmènent la langue... ces métaphores vulgaires, cette outrance de mauvais goût...

Ils se bousculent devant lui, ils parlent tous à

la fois... Tu sais bien... Oh, quelle hypocrisie, quelle ignoble comédie... Tu sais ce que tu as fait... — Ce que j'ai fait? Vous êtes témoin, mon cher ami, vous étiez là, qu'ai-je fait? — Mais rien, je n'ai rien vu... Ils se jettent aux pieds de l'ami, ils l'implorent... — Dites la vérité. Protégez-nous. De quoi avez-vous peur? Il n'est pas possible que vous n'ayez rien remarqué... Vous avez vu quand il a bondi, quand il a crié... — Ah ça non, il n'a pas bougé de cette place. Il n'a pas poussé le moindre cri. — Vous n'avez pas entendu « La quoi? » oui, « La quoi? ». Si férocement. « La quoi? » Si haineusement. « La quoi? »... La pauvre petite... On l'a fait monter, on l'a pansée, calmée avec des gouttes de valériane, avec de l'extrait de fleur d'oranger... La quoi? La quoi? La quoi? parce qu'elle a... oh, c'est trop affreux... juste parce qu'elle a osé parler de sculpture crétoise... L'ami paraît réfléchir, rassembler ses souvenirs... — Oui, en effet, votre père a dit : « La quoi? » Il s'est montré surpris. J'avoue que moi aussi... parler à propos de cette pièce de sculpture crétoise... Je crois, ma petite enfant, que vous vous êtes trompée...

L'assistante sociale regarde sa montre. — Ah madame, vous avez raison, on vous fait perdre votre temps. Ces petits aujourd'hui à force de gâteries, de prévenances, de camaraderie, ne savent plus quoi exiger... Mon ton leur a déplu. Je n'ai pas, en entendant cette énormité, montré assez de déférence. Ma surprise les a offusqués. Ils ont tant l'habitude qu'on prenne des gants. Pour tout vous dire, madame, ce sont des petits vaniteux doublés de fainéants. Rien que de parler de « sculpture » et encore « crétoise », c'était un tel haut fait. Je devais m'extasier, lui caresser la tête, la récompenser... et voilà que je me suis permis... Et aussitôt on court se plaindre, on m'accuse de mauvais traitements, on vous dérange... Elle se lève, elle lui tend la main... — Ah monsieur, vous n'êtes pas le seul, nous voyons tant de choses étonnantes... Mais croyez-moi, ce n'est pas ces enfants qu'il faut blâmer. Vous les avez trop gâtés. La vie, plus tard, ne sera pas si tendre. Il est mauvais de développer une pareille susceptibilité, d'en faire des écorchés vifs...

Dès qu'elle s'est retirée, ils essuient leurs larmes, ils rajustent leur coiffure, leurs vêtements, ils se penchent pour l'embrasser, ils tendent la main à l'invité... Excusez-nous... On ne tient plus debout. Bonne nuit, bonne soirée...

Et les voilà déjà qui s'amusent... On se console très vite à cet âge... Hoquetant encore légèrement, le visage encore un peu plissé, encore

tout barbouillé de larmes mal essuyées, elle
sourit déjà, elle rit avec eux...

Il ne peut pas supporter plus longtemps ce
regard confiant que garde posé sur lui celui qui
jamais de sa vie... Savez-vous ce que c'est que le
péché? Un acte criminel? Non, vous ne le savez
pas... — Mais si, bien sûr, comment voulez-
vous qu'au cours de toute une vie?... Qu'est-ce
que vous vous imaginez? bien sûr qu'il y a des
choses auxquelles je préfère ne pas penser. —
Quoi, par exemple, oh dites-le-moi... Et puis
non, vous n'avez pas besoin de me le dire, je le
sais. Je connais vos méfaits... ces remords
exquis de gens qui n'ont jamais au cours de leur
vie protégée eu l'occasion de faire du mal à une
mouche. Toujours si paisibles, si détachés.
Purs. Si purs. Ces rires que vous entendez... si
purs aussi, n'est-ce pas? Innocents, transparents... Comme tout est transparent là où vous
êtes... Ils s'amusent, c'est de leur âge. Ah nous
étions comme eux. Impossible de s'arrêter.
Délicieux fous rires. Notre mère nous grondait
en souriant. Notre grand-père par-dessus son
journal, par-dessus ses lunettes nous regardait
de son air indulgent... Quand vous aurez fini de

faire les fous, de faire les idiots... Un peu de calme là-bas, les enfants...

Pardonnez-moi juste un instant... Je veux juste aller leur dire... — Mais non, laissez-les, moi ça ne me dérange pas. — Non, ce n'est pas ça... Je veux juste... Je reviens... Se levant, montant vite l'escalier... juste pour leur montrer... pour leur marquer... tout effacer... tout recommencer... frappant à leur porte... Je vous en prie... J'ai besoin d'entrer... Il entend un remue-ménage, des chuchotements... Ils ouvrent lentement, ils s'écartent et l'observent d'un air méfiant, serrés les uns contre les autres... Alors on a l'air ici de bien s'amuser... Ce n'est pas comme moi là-bas... Ce n'est pas chic de m'avoir abandonné... tapotant leurs têtes, serrant dans ses bras leurs corps qui se font inertes, se raidissent... il les cajole, les berce, il leur chatouille les joues... juste une risette... juste une... Il souffle... là... il lui a fait mal? Est-ce possible? On ne mesure jamais assez sa force, on oublie combien ces chers petits, sa chair, sa vie, sont fragiles, vulnérables... Juste un rien... Juste « La quoi? » dit sur un ton un peu brusque... Un peu brusque? Allons, il faut l'avouer, un peu brusque ne convient pas, c'était presque brutal... ils sont si tendres... livrés à lui... Lui le dispensateur, lui, responsable de toute leur vie, lui criminel, impardonnable... voyez à quel état il les a réduits, regardez cette litière nauséabonde... revues de mode, série noire, bandes dessinées répandues partout... tant de hideur, de vulgarité... des pauvres êtres déchus, chassés dans leur antre aussitôt que l'un d'entre eux a osé s'approcher de la source de vie... franchir l'enceinte sacrée... employer le langage des maîtres... « Sculpture crétoise »... c'est à ne pas croire... Il s'est dressé, il s'est jeté sur eux, il a frappé au hasard : « La quoi? »... un mouvement incontrôlé, un réflexe malheureux, un geste criminel...

Il est prêt à réparer, qu'ils daignent lui dire comment... au prix de quelles abjurations, de quels renoncements, de quelles trahisons... il ne reculera devant rien s'il peut espérer effacer, leur faire oublier, obtenir leur pardon... Il leur caresse les cheveux, il serre entre deux doigts le lobe de leur oreille, il le secoue doucement... Je vois que vous êtes réveillés, la fatigue est passée, alors descendez, venez, ce sera tellement plus gai... vous ferez du thé, on bavardera... Tu nous expliqueras, mon chéri, pourquoi cette bête t'a fait penser à la sculpture crétoise... Tu m'as surpris, vois-tu, c'est un rapprochement que je n'ai pas fait...

Qu'elle descende, qu'elle entre, qu'elle daigne venir s'asseoir auprès de nous... Admirez sa beauté, sa science... elle va, n'est-ce pas? nous

97

départager... La sculpture crétoise... Vous n'y auriez jamais songé, ni moi non plus... Mais à vrai dire, pourquoi pas? si on regarde sous un certain angle... d'ailleurs à y réfléchir ça n'a rien de si surprenant... Il la prend par la main... Viens, venez vite, il va finir par trouver bizarre... Descends, je t'en prie... Elle retire sa main, la porte à sa bouche, s'étire... — Non, tu n'y penses pas... Ils m'ont fait rire, ça m'a réveillée... Mais à présent il faut vraiment aller se coucher... Demain je ne tiendrai pas debout.

Des natures médiocres. Oui, c'est ça... il se sent tout faible... un léger vertige... comme avant de perdre connaissance... L'autre en face de lui se soulève, penche en avant son torse épais, tend vers lui sa grosse patte d'ours et l'abat sur son épaule... — Mais qu'avez-vous? Vous êtes tout pâle. Je vous ai fait mal... — Non... il se raidit, se redresse... Non, ça ne fait rien... Vous devez avoir raison... Ce sont des natures médiocres. Mais c'est de l'entendre. Dit comme ça. Formulé. C'est drôle, je ne me l'étais encore jamais dit. Jamais ainsi. — Mais voyons, vous m'avez mal compris. J'ai dit que si c'était exact, ce que vous pensez, ce que vous

vous imaginez... que s'il était vrai que ces rires... qui à moi paraissent innocents... s'ils provenaient vraiment d'une intention délibérée de se venger de façon si mesquine, avec tant de froideur sournoise, alors, c'est évident, de tels rires ne pourraient être que le fait de natures médiocres. Et contre ça, vous le savez, mon cher ami, on ne peut rien. Il est vain de regretter ce qu'on a fait ou pas fait, de se tourmenter, de gaspiller ses forces... — Oui, je sais bien... — Mais, encore une fois, ce n'est pas certain. Si vous ne me l'aviez pas vous-même suggéré, il ne me serait jamais venu à l'idée...

C'en est fait. Il les a livrés. Il n'a pas pu y tenir. Lâchement, pour se disculper, se sauver, rejetant sur eux seuls toute la faute, il est allé les dénoncer. Et maintenant c'est trop tard, les poursuites sont engagées, inéluctablement l'action va suivre son cours. Tous ces mouvements de flux et de reflux, ces allers et retours, ces valses-hésitation auxquels ils sont accoutumés là-bas, entre eux, où rien ne peut jamais tirer à conséquence, entraîner la moindre sanction — ici sont inconnus. Tout ici est net. Immuable.

La justice ne doit tenir compte que des faits. D'eux seuls. Déclinez votre identité. Levez la main droite et dites : Je le jure. Est-il exact que les inculpés ont toujours refusé les soins que vous avez eu la bonté de leur prodiguer? Est-il vrai que par veulerie, par égocentrisme, par amour-propre mesquin ils ont dédaigné les joies à juste titre considérées comme les plus hautes, les plus pures, que vous avez voulu partager avec eux? — Oui, c'est vrai. Mais peut-être est-ce parce que moi... — N'essayez pas d'embrouiller... de dévier... Répondez à la question. Est-ce vrai? — Oui, c'est vrai. — Ils méprisent l'art. Vous l'avez vous-même déclaré. — Enfin, c'est ce qu'ils montrent... — Précisément. Ici c'est ce qu'on montre qui compte, comprenez-vous? — Oui, je comprends. — Vous avez dit qu'ils se sont retirés chez eux au moment où vous étiez en train d'admirer une statue. Et qu'après, ils ont ri d'un rire toujours repris, prolongé sans fin, dans le but de vous bafouer, de vous faire souffrir, sachant qu'ils y parviendraient à coup sûr, sans que vous puissiez bouger. — C'est vrai. Du moins c'est ce que j'ai cru. — Vous aviez pour ça de bonnes raisons. Il y a eu des précédents. Nombreux. Leur casier judiciaire est chargé. Ce n'est pas, je le vois, votre première plainte. Voyons un peu... Il y a six ans, ils se sont levés de la même façon et ils sont sortis sous un prétexte quelconque, en s'excusant à peine, ce n'était pas très poli, pendant que vous leur faisiez la lecture. Vous

vous en souvenez? — Oui. Je leur lisais des pages de Michelet. — C'est ça. Peu de temps — un an environ — après, quand vous les avez amenés au musée... — Ce n'était pas au musée. C'était à une exposition. — C'est possible, le rapport ne le précise pas. Disons à une exposition. Ils se sont détournés de cette toile — admirable — du maître d'Avignon. — Pas détournés. J'ai exagéré. Ils sont restés plantés devant elle, mais sans la regarder. Ils avaient ce regard fermé, tourné vers soi... Et quand j'ai dit : C'est beau... — Vous avez fait une déclaration dans laquelle vous avez employé l'expression « détournés ». Vous avez eu tort. — Oui. J'aurais dû, pour être tout à fait vrai, déclarer plutôt que devant ma remarque : c'est beau... ils ont gardé le silence. — Ça, c'était peu probant. Il aurait fallu prouver que c'était un silence hostile. Vous connaissez le dicton : Qui ne dit mot consent? — C'était un silence hostile. — Il n'y avait que ça? Rien d'autre? Pas un haussement d'épaules? Un léger ricanement ou même juste un de ces petits sourires? — Je n'ai rien vu de tel... — Et vous n'avez aucun témoin? — Non, nous étions seuls. — Alors il n'y a pas de preuves. Ici, on vous l'a dit, on ne tient compte que de ce qui se montre. — Alors pas de preuves? Vraiment? Qui ne dit mot consent... en effet, c'est fort. Très fort. Il y a eu,

LIBRARY COLLEGE

bien sûr, tant d'autres silences dont j'aurais pu jurer... — En vous fondant toujours sur de simples impressions? Et on ne peut pas retenir les impressions de ce genre. Il pouvait y avoir ce jour-là, juste pendant un instant, sans que vous le sachiez, dans ce silence un consentement. — Oui, juste pendant un instant? Juste, même chez eux? Même eux... sait-on jamais?... même eux, oubliant pour une fois ma présence, ont pu sentir, passant par-dessus moi, à côté de moi, sortant de la toile un fluide, un courant... même eux... ce n'est pas impossible... eux si peu conducteurs, si peu réceptifs... même eux ont pu être traversés... Ce seul instant suffit, n'est-ce pas? Un instant de repentir permet de racheter tous les péchés... — Oui, mais revenons, si vous le voulez bien, à ce qui peut être prouvé. Quand ils se sont levés, quand ils sont montés chez eux, quand ils se sont mis à rire de cette façon, que vous avez décrite et qui vous a tant affecté... revenons à cela. Cette fois, vous n'étiez pas seul à les entendre. — Non, un ami était là avec moi, il les a écoutés et il a dit, j'en suis certain... — Bon, bon, allez vous rasseoir, nous allons voir ça. Qu'on fasse entrer le témoin. Vous jurez de dire toute la vérité? Rien que la vérité? Levez la main droite et dites : Je le jure. — Je le jure. — Vous avez entendu les rires de ces jeunes gens? — Oui, je les ai entendus. — Et après les avoir écoutés rire pendant un certain temps, vous avez dit d'eux : ce sont des natures médiocres... Attendez. N'interrompez pas. Vous avez affirmé par la suite à votre ami que vous aviez dit : ce seraient des natures médiocres. — C'est-à-dire que j'ai... — Répondez juste à ça : quand vous avez prononcé cette phrase pour la première fois, vous avez dit « sont » ou « seraient »? Sont — au présent de l'indicatif, ou seraient — au conditionnel? C'est là, vous le comprenez, un point de la plus haute importance. Sont ou seraient? Rappelez-vous...

Il se fait dans l'assistance immobile un grand silence. Et lui, assis au dernier rang, courbe l'échine, rentre la tête dans les épaules... dans un instant cela va éclater, cela va s'abattre sur eux, sur lui... Il entend la voix ferme qui articule lentement : Je me rappelle très bien. J'ai dit : seraient. Joie. Pleurs de joie. Délivrance. Il a envie de se jeter à genoux, de demander pardon... Seraient — c'était donc vrai. Seraient — c'est bien ce qu'il avait dit. Pas sont, oh non, seraient... Comment a-t-il pu être assez vil pour mettre en doute tant d'honnêteté, une si parfaite bonne foi... Seraient, seraient, seraient... tout est donc encore possible, tout peut encore être sauvé... Il n'a plus peur de rien, qu'on décide, qu'on ordonne, il accepte d'avance toutes les sentences, même contre lui, contre lui surtout, il mérite, lui seul, toutes les sanctions... — Oui. J'ai dit : seraient. La simple politesse, du reste, l'exigeait. Comment aurais-je pu faire autrement?... La salle oscille et murmure... — Si vous l'aviez pu, vous auriez donc dit : sont?... Tout vacille autour de lui, il a des bourdonnements dans les oreilles, il a un brouillard devant les yeux, il perçoit comme venant de loin : Oui. Je l'aurais dit. — Pourquoi? — Parce que j'aurais voulu lui donner une leçon. Une bonne leçon. Il ne l'aurait pas volée. C'était choquant de l'entendre dire du mal de ses enfants, à moi qui ne suis qu'un étranger... tout en souhaitant, bien sûr, comme toujours dans ces cas-là, que je lui donne tort, s'attendant à être rassuré. Eh bien non, je n'aime pas ces comédies, on doit subir les conséquences de ses actes : s'il en est ainsi, si ce que vous me dites est vrai, alors ce sont des natures médiocres. Du reste, l'appréhension, la peur lui ont fait sur le moment entendre « ce sont ». Et c'est dommage que je n'aie pas pu m'empêcher de le démentir... — Mais ces rires... revenons à eux... ces rires qui ont tant bouleversé le plaignant, vous les avez tout de même jugés... — Oui, ils étaient agaçants à la longue... si on y prêtait attention. Ce que, livré à moi-même, je n'aurais sûrement pas fait. Je suis, quant à moi, un homme tout simple. Je ne cherche pas la petite bête. Je n'aime pas les complications. Pourquoi creuser, fouiller? La vie est bien assez compliquée comme ça. Je n'y aurais probablement vu que du feu, comme on dit, bien que dans ce cas il semble que ce n'est pas exactement l'expression qui convient. Et ils se seraient arrêtés. Ou ils auraient continué... Quelle importance? Ces jeunes gens sont ce qu'ils sont. Ni meilleurs que tant d'autres, ni pires. En tout cas on ne les changera pas. Qu'ils rient tout leur saoul si le cœur leur en dit. Vivre et laisser vivre...

Il sent une faiblesse délicieuse, comme au réveil, quand la grosse fièvre est tombée, quand on sait qu'on entre en convalescence... La petite vieille assise à côté de lui, qui écoutait, le cou tendu, tourne vers lui ses doux yeux délavés... leurs joues s'amollissent, se plissent, leurs lèvres s'étirent en un bon sourire édenté, leurs têtes opinent... Comme la sentence rendue est juste. Comme il est bon de s'y plier...

Plus de luttes... A quoi bon?... Il faut enfin comprendre qu'on a fait son temps, que c'est à eux de jouer...

Il faut se soumettre, se laisser faire... Ne pas se débattre, gigoter quand ils essaient doucement, mais fermement, de vous modeler, vous emmaillotent, vous tournent et vous retournent avec des regards, des gestes d'indulgence, de pitié tendre. Et même il vaut mieux les devancer, se présenter à eux plus ployé que ne vous y contraint le poids des ans, souffler un peu plus... ah ces vieux os, ah ce vieux cœur... Avoir ces coquetteries attendrissantes... Savoir pratiquer cet art. Ceux qui s'y refusent, ceux qui essaient lâchement de se dérober ne se font-ils pas rappeler à l'ordre impitoyablement, après un bref coup d'œil goguenard, par le premier cycliste qu'ils ont laissé les frôler, en posant le pied trop tôt sur la chaussée, en marchant trop près du bord du trottoir...

On se sent bien, tout repliés, tout pelotonnés dans cette fragilité douce, lisse et fripée du ballon de baudruche qui avec un soupir à peine perceptible se dégonfle... Ah que voulez-vous, c'est ainsi, on n'y peut rien... Nous sommes, croyez-le, les premiers à le regretter, ne restez pas debout, asseyez-vous, laissez-moi vous céder, je vais vous le porter... ah mais c'est qu'il est encore gaillard, c'est qu'il va tous nous enterrer... ce qui l'entretient, voyez-vous, c'est qu'il a su conserver tous ses engouements, son enthousiasme... il faut les laisser s'abandonner à leurs lubies, à leurs manies, il est très bon qu'ils conservent leurs dadas... éviter surtout de les contrecarrer... S'approcher, comme ils le désirent, se pencher, contempler avec respect... et puis se retirer. Chacun à sa place. Chacun chez soi. Quoi de plus normal? Quoi de plus sain?

Est-ce qu'on vous demande de venir avec nous? Est-ce qu'on se permet de vous forcer à suivre avec nous d'un œil pareil à s'y méprendre à un œil de verre les déplacements de la petite boule, tout votre corps secoué par les tressautements des flippers?... A écouter dans le tintamarre les airs d'une délectable vulgarité diffusés par les juke-boxes? Vous ne les avez sûrement jamais entendus. A lire des comics? N'a-t-on pas supporté vos ricanements, vos continuelles provocations, votre mépris de vieillards sclérosés, insensibles, conformistes, ignares?... Vous a-t-on arraché des mains pour les déchirer, les brûler vos beaux volumes bien reliés... intouchables... incunables... sacrés? S'est-on permis devant cette bête le plus léger sourire? On a même été jusqu'à dire... pour vous faire plaisir... nous serons comme eux un jour... il faut faire un effort, se prêter à leurs jeux séniles par pitié... n'a-t-elle pas dit... et comme je l'ai admirée... que cela faisait penser à la sculpture crétoise?...

Et puis on s'est enfermés. Libres enfin...
Vivre et laisser vivre... puisque vous appelez
cela ainsi... oui, ça s'appelle ainsi pour vous... ce
sont des mots que vous aimez... cela se comprend, pourquoi l'expliquer? Vivre. Vivant. Ça
vit. La bête de pierre vit... des paroles mortes
échangées par des moribonds. Elles n'ont pas de
sens pour nous. Qu'est-ce qui vit ou ne vit pas?
Quoi? Juke-box? Vit. Baby-foot? Allons, levez
la main. Vit. Là. Bravo. Bien sûr, ça vit. Bandes
dessinées? Vivent. Couvertures de magazines?
Vivent. Réclames? Vivent. Strip-tease? Vit. Vit.
Vit. Levez la main plus vite. Plus haut... Mais
non, qu'est-ce que tu leur fais faire? Tu n'as
pas honte? Brute, va... laissons-les, en ce
moment ils ne font de mal à personne, il suffit
de ne pas y faire attention, de les oublier...

Les rires s'élèvent, très fort, de vrais bons
gros rires, dirigés sur rien, pas sur nous, c'est
évident, des rires qui jaillissent, montent et
retombent, là, sur place, parmi eux... ce n'est
pas leur faute si quelques gouttelettes passent à
travers la porte... un léger embrun... une caresse
fraîche... Tête levée ils tendent leur visage... un
sourire bonasse distend leurs traits... Vous les
entendez?... Mon père disait de nous : Ils sont

si bêtes... il suffit d'agiter son doigt pour qu'ils s'esclaffent...

Délivrance. Paix. Liberté. Délicieux respect d'autrui qui est — comme c'est juste, comme c'est vrai — qui n'est rien d'autre que le respect de soi. Vivre et laisser vivre... Libre... tout cordon... toutes amarres coupées... seul... pur... à travers les grandes salles vides, sur les vieux parquets luisants... vers cela, juste cela, dans le coin là-bas, près d'une fenêtre... posé là, offert... non, pas offert, cela ne s'offre pas, cela ne sollicite rien. C'est là sa force. Rien. De personne. Cela se suffit à soi-même. C'est là. Venu on ne sait d'où. Arraché on ne sait à quoi. Repoussant calmement tout ce qui vient se coller à cela : toutes les images, tous les mots. Les rejetant. Aucun mot ne peut se poser, se tenir sur cela. Aucun mot ne peut fusionner avec cela, conclure avec cela une alliance. Pas de familiarités. C'est là. Seul. Libre. Pur. Aucune exigence. Il s'arrête et se tient devant cela : une pierre grumeleuse taillée en forme de bête étrange. Aucun nom précis. Il n'en faut pas. La plaque indiquant l'origine, la date, est une insolence. Une profanation.

Maintenant l'opération commence. Le temps d'abord. Comme les flots du Jourdain il s'écarte de chaque côté pour laisser passer... Non. Il ne s'écarte pas. Il est arrêté. Il est un instant immobile, sans limites. Un instant fixé pour l'éternité. Un seul instant infini, infiniment paisible, que cela emplit. Quoi cela? Mais il n'y a plus rien ici, plus de mots mesquins, précis, coquets, beaux, laids, enjôleurs, trompeurs, tyranniques, salissants, réducteurs, amplificateurs, papoteurs, dégradants... vers lesquels, perdant toute dignité, tout instinct de conservation il faut se tendre, qu'il faut solliciter, qu'il faut chasser, traquer, auxquels il faut poser des pièges, qu'il faut apprivoiser, mater, torturer. Non. Aucun mot ici. Dans l'instant épandu, sans rivages, sans horizons même lointains, calme, sans aucun terme, immobile, rien ne bouge... tout à fait immobile... serein, si calme... cela... Quoi cela? Non. Pas de mots. Cela. Sans plus. Là, de la bête de pierre cela se dégage, cela s'épand... Un mouvement? Non. Un mouvement ça dérange. Ça fait peur. C'est là. C'était là depuis toujours. Un rayonnement? Un halo? Une aura? Les mots hideux touchent cela un instant et sont rejetés aussitôt. Et lui qui est là... non, pas lui, il est cet infini... que cela emplit... non, pas « infini », pas « emplit », pas « cela ». Même « cela », il ne faut pas... c'est déjà trop... Rien. Aucun mot.

Et puis, les flots se referment, le temps se remet à couler, c'est fini. Il ne reste en lui qu'un grand apaisement.

Les mots reviennent, ils se posent, plus rien ne les tient à distance. La chose docile, un peu inerte, se laisse envelopper. Elle se laisse habiller. Autour d'elle les coupeurs experts s'affairent. Des mains habiles la font pivoter. Elle se tient bien sage tandis que sur elle les mots sont épinglés, elle se prête à de longs essayages. Elle se présente aux yeux attentifs de ceux qui l'observent sous toutes ses faces, elle fait valoir ses attraits. Des mots adroitement assemblés dérobent et révèlent ses formes, des mots scintillants la recouvrent. Vêtue et parée comme elle est, c'est à peine s'il peut la reconnaître. Elle se tient un peu raide, comme consciente de son rang. Elle exige, elle obtient le respect.

Ces mots dont elle est entourée sont comme des fils de fer barbelés, comme le courant qui les traverse... S'ils se permettaient, ceux qui rient là-haut, d'étendre la main pour la tapoter avec condescendance, ils sentiraient s'enfoncer en eux les piquants, passer à travers eux la décharge.

Assis l'un en face de l'autre, la bête de pierre posée entre eux, savamment ils la parent, la

111

protègent... Qui, de ceux de là-bas, a osé s'en approcher? Qui a osé franchir toutes les défenses? Avoir l'insolence d'extraire au hasard d'un amas informe, d'un tas de détritus, d'un énorme dépotoir où il est allé crocheter : sculpture crétoise, et essayer d'ajuster cela sur elle? Mais personne. Rien. Qui l'a entendu? Qui s'en souvient? Se le rappeler est dégradant. C'est dément d'y attacher la moindre importance. Insensé, n'est-ce pas? Tout à fait disproportionné, hors des réalités... Faut-il que la vie vous ait gâté, faut-il qu'elle vous ait donné peu de fil à retordre pour que vous puissiez vous préoccuper de pareilles futilités... Vous avez raison. C'est fini, je ne m'en occupe plus. Qu'ils rient tant qu'ils veulent. Je n'entends pas.

Vraiment pas? Mais est-ce possible? Est-ce croyable? Ça ne te fait rien vraiment?... Il faut forcer un peu la dose. Juste un peu plus fin, plus insinuant et aussitôt interrompu, juste un peu plus mordant, glissant doucement, subtile brûlure, caresse d'ortie, quelques grains de poil à gratter... Vraiment aucune sensation? Rien? A-t-on tout à fait oublié notre langage chiffré, mis au point pendant tant d'années? Est-on entièrement passé de l'autre côté, auprès de ce bon gros innocent sur la face duquel ce sourire satisfait stupidement s'étale? Se sent-on si bien au chaud là-bas, parmi eux? Allons, encore un peu plus fort, appuyons... brèves stridences... interrompons et recommençons... jusqu'à ce qu'il attende, tout replié sur lui-même... se partage en deux, une part de lui tirée par ici, vers nous...

Mais on se croit donc tout permis, comme si nous n'étions pas là... quand le chat n'est pas là les souris dansent... pour oser raconter cyniquement ses escapades, révéler ses petites excursions solitaires, s'en vanter... Dans la salle du fond, vraiment? Près de la fenêtre? Divine? Non? Si. Une pièce superbe... Seul. Loin de nous, des siens, nous trompant, se cachant, allant là-bas, comme ça, en plein jour, nous faisant croire qu'il va travailler... se retournant pour voir s'il est suivi, courant presque dans son impatience de se livrer à cela, ce vice... ressortant en lançant de tous côtés des regards inquiets et rentrant chez soi comme si de rien n'était, comme un bon citoyen, un bon père de famille, occupé comme tout le monde, à la sueur de son front, comme tous partout, dans les bureaux, dans les usines, dans les mines, dans les champs... alors qu'il a essayé de se dérober, qu'il a fui, le dos rond... et là-bas, ni vu ni connu, seul... pour soi seul... mais le temps passe, le temps presse, il faut s'arracher à cela, lâcher ce fruit défendu, interrompre cette jouis-

113

sance... en plein jour, un jour ouvrable, n'est-ce pas honteux? a-t-on idée... gaspillant ses forces, sortant de là épuisé, hébété, incapable de reprendre pied, contraint de s'affaler auprès des vieilles, des retraités, des mères de famille vacantes au bord des pelouses, sur les bancs... Pas un mot à nous, bien sûr, quand il rentre enfin, l'air affairé... Y a-t-il eu des coups de téléphone? Montrez-moi le courrier...

Et puis, entre soi, entre gens du même monde, du même acabit, entre vieux jouisseurs, entre vieux noceurs, on se laisse aller aux confidences, on se délivre... lèvres mouillées de vieux gourmets... Oui, je la connais... Une perfection. Superbe. Mais vous savez, il y a au Prado, à Rome, à Bâle, à Berlin... je ne sais pas si vous l'avez remarquée... soulevant son gros corps lourd, s'avançant au milieu de la pièce, étendant sa jambe en avant, un vrai mannequin en train de parader dans le salon du couturier... Si vous saviez... juste là, dans ce galbe, dans cette ligne... sa main remonte le long de sa cuisse, de sa hanche... ici, vous voyez, dans cette jambe droite qui s'avance, là, comme ça... ses lèvres font un bruit répugnant, son baiser claque sur le bout de ses doigts... Je ne vous dis que ça. Une pure merveille. Je suis resté devant pendant des heures. Je ne pouvais pas m'en arracher. Égyptienne, oui, à gauche, la plus près de la fenêtre. Elle vaut à elle seule le déplacement.

Mais ne dirait-on pas que sa voix petit à petit s'enroue, s'enraie... il a perçu enfin, il s'est rappelé que nous sommes là... Non, ce serait trop beau, il est bien trop excité, il n'y a rien à faire, il faut pour qu'il revienne à lui, à nous, employer les grands moyens... Ouvrir la porte doucement, descendre en silence les uns derrière les autres... Et aussitôt... il faut le voir, c'est un spectacle réjouissant, pris la main dans le sac, en flagrant délit, se reboutonnant encore tout échauffé, se redressant, se tournant vers nous, toussotant pour gagner du temps, pour prendre de l'assurance... — Alors, vous voilà redescendus?... On n'a pas sommeil? C'est vrai que c'était un peu tôt pour aller se coucher... malgré la fatigue... Au fait, et cette partie de pêche?... Et cette balade?... Comment ça s'est passé?... En une seconde la mémoire est revenue, le code est retrouvé, tous les signes que nous seuls connaissons sont là, dans la voix, dans l'intonation... même pas là... des ondes que nous seuls pouvons capter, sans que rien ne paraisse au-dehors, nous sont transmises directement... — Eh bien oui, on s'est bien amusés. Une bonne journée. Très bonne... A la bonne heure... Il est agréable de constater qu'on a si vite retrouvé ses esprits, que rien n'a été perdu, et qu'il y a même un net progrès. D'un coup, cette fois, c'est la reddition complète. Pas question de se borner, de se fier aux seules ondes invisibles, ni même aux intonations. Vous avez entendu?... Bien sûr. Quelle question!... « Balade. » Pas moins. Étonnant comme la peur vous rend parfois plus vif, inventif, rejetant « promenade » en un éclair et saisissant ça : balade. L'étirant même un peu : baalaade... Hissant ce drapeau blanc. Très bien, ça. Voilà qui mérite un encouragement. Une tape sur le dos courbé. Bravo. Bien rapporté... Excellente, la baalaade. Formidable. Vachement réussie...

Voilà qui est parfait. Il n'y a pas eu besoin de sévir, de perdre du temps, comme autrefois, quand il était encore si imprudent, quand il continuait, comme s'il ne sentait pas notre présence, à s'épancher sans aucune gêne, aucune honte, si excité, incapable de s'arrêter comme l'exigeait la pudeur, la simple décence... quand cela nous obligeait, pour obtenir enfin la reddition, de nous asseoir à l'écart, n'importe où dans un coin, et de rester là, sans bouger, sans intervenir surtout, sans parler, pas un mot, paraissant n'écouter que d'une oreille, feuilletant ou même lisant une revue ou un livre...

Mais il n'est pas possible qu'il s'y trompe...

C'est amusant d'observer comme il essaie de se soulever, de lever la tête le plus haut possible hors de ce qui se dégage, sécrété par nous, de cette couche de gaz délétère qui émane de notre présence immobile, de notre silence... s'épaissit, s'étend, monte peu à peu jusqu'à lui... Il se redresse bravement, petit coq sur ses ergots, petit marquis sur ses talons, il se tend pour respirer à l'air libre tout comme s'il était pareil à l'autre, son compagnon innocent, il parle comme lui avec entrain, il rit, il étend la main, il va la passer sur le flanc rugueux de la bête... sur les couvertures soyeuses des livres d'art... tout pareil à l'autre, au même niveau... c'est si touchant... voyez-vous ça, lui aussi, tout comme l'autre, en sécurité parmi les percales glacées, les pois de senteur, les prairies, les poneys... si loin tous deux de là où nous sommes, des arrière-cours humides et sombres où autrefois il jouait avec nous...

Il hoche la tête, il réfléchit, il répond... — Oui, je crois que vous avez raison. Zapothèque, probablement. Oui, c'est vrai, sous cet angle... Mais les mots qu'il s'efforce de prononcer doivent être lancés de plus en plus fort pour traverser cette épaisseur qui s'accumule lente-ment... les mots en ressortent déformés, amol-lis, tremblants, ils flottent déportés, ils ont perdu leur éclat, ils sont ternes, gris, de pauvres mots salis, empoussiérés, comme recouverts de plâtre, de ciment... L'autre étend la main vers la bête... va la poser... il faut le retenir, l'arrêter, ne pas crier... attention, ne touchez pas, c'est dangereux, ne sentez-vous rien?... tandis que l'inconscient... sourd, insensible... très calmement pose la main sur elle, la tourne lentement pour mieux la voir... — Là, regardez comme la lumière met bien en valeur cette ligne... très belle... Elle me fait penser...

Ses mots, comme s'il n'y avait autour d'eux que l'air le plus pur, ne rencontrant aucune résistance s'élancent... pas la moindre déviation, déformation, tremblement, souillure, ses mots étincelants de propreté s'élancent droit vers leur cible : Et vous, là-bas, vous ne dites rien. Comment la trouvez-vous? Qu'est-ce que vous en pensez?

Moi? Ce que j'en pense? La misérable éblouie par la lumière qui inonde brusquement le réduit où elle est séquestrée difficilement se soulève... elle articule avec peine : Moi? C'est à moi que vous parlez?... Oui, à vous. Bien sûr. Vous ne disiez rien. J'aimerais savoir ce que vous en pensez... A moi comme à un égal?... Oui, comme à un être humain pareil aux autres. Digne au même titre de respect...

Son bourreau tout rouge, les yeux exorbités, s'efforce d'amener sur son visage un sourire doucereux... Mais oui, c'est vrai, tu ne dis rien... Vas-y, mon petit, si tu l'oses... essaie...

Et pourquoi n'essaierais-je pas? Ah mais c'est que nous ne sommes plus seuls, mon pauvre vieux, je suis protégée... Les braves gens, vois-tu, s'en sont mêlés... Un vrai miracle, cette intervention inattendue, cette soudaine délivrance... La tête vous tourne, c'est l'air du dehors... on se sent comme enivré... Ce que j'en pense? Moi? Tu m'excuseras, mais vraiment comment pourrais-je laisser passer une pareille occasion?... Et se transformant tout à coup. Prenant de l'assurance. La voix très calme... Eh bien, moi, je pense... le ton peut-être un peu trop sûr, sans réplique... portant encore des traces trop visibles de tant d'années de rebuffades, d'humiliations... Eh bien quant à moi, je dois dire que cela me fait penser plutôt à la Crète. A la sculpture crétoise... Et se levant, prenant congé avec une parfaite aisance, tandis que le tyran, ses mains cramponnées aux accoudoirs pour ne pas saisir l'impudente, la frapper... tout congestionné, haletant, avance la tête comme pour mordre : La quoi?

Pas mal réussi. C'était un beau spectacle. Ils ont tous apprécié. Il ne s'en remettra jamais. « Ça me fait penser à la sculpture crétoise. »

Comme ça. D'un seul coup. Où as-tu été chercher ça?... Peu importe, c'est ce qu'il fallait. Maintenant on peut, après l'effort — car il a fallu tout de même pour sortir ça déployer une grande force — s'amuser un peu... Tu en es encore toute pâle... allons, détends-toi... Regarde... Oh, qu'est-ce que c'est? C'est chouette, dis donc, oh passe-le-moi... C'est marrant.

Les rires... sans direction, sans cible, dans le vide autour d'eux librement s'épandent... jaillissements innocents, enfantines explosions... encore et encore... Et puis plus rien... Pardessus la table les bons yeux candides se posent sur les siens... Je me demande pourquoi... — Pourquoi quoi? — Je me demande pourquoi sculpture crétoise... la grosse main fait pivoter la bête lentement... Sculpture crétoise... comme c'est étrange...

— Étrange. Oui. Vraiment. Étrange... Sous la poussée en lui la paroi fragile branle, elle va céder... Étrange, vous avez raison, je le trouve aussi... Étrange d'avoir pensé à ça... Pourquoi crétoise, en effet? Pourquoi pas chinoise? chaldéenne? grecque? byzantine? égyptienne? africaine? Pourquoi?... Ça appuie, ça va tout emporter... impossible de le retenir... Pourquoi? Parce qu'ils disent généralement tout ce qui leur passe par la tête pour prouver... pour démentir ce qu'ils savent que je pense de leur paresse incurable, de leur ignorance... Ça monte en lui, bouillonne, sa voix enfle... Pour m'épater... Il halète... pour... pour... mais ils se moquent complètement de tout ça... Il balaie les murs d'un large geste de sa main tendue, il donne du revers de sa main une claque sur le museau de la bête... tout ça, vous m'entendez... et par-delà... tout, tout, tout... ils démolissent systématiquement, ils brûlent, ils font sauter...

L'autre étend le bras comme pour se protéger, pour le repousser... — Mais non, voyons, qu'est-ce que vous allez chercher... Calmez-vous... Vous savez, après tout, ce n'était peut-être pas si faux que cela paraît à première vue... On aurait pu à la rigueur... Et en lui aussitôt les vagues énormes s'abaissent... Quand j'y pense, il me semble qu'il y a eu en Crète certaines statues... peu connues, il est vrai... Et le tumulte reprend... — Peu connues! Et vous croyez qu'eux justement, eux qui n'ont jamais de leur vie regardé... — Eh bien, mais il a suffi qu'une fois... il suffit d'avoir une seule fois été frappé... et il s'est trouvé que c'était la bonne... Il suffit de l'avoir une fois par hasard remarqué et d'avoir fait le rapprochement. Aux innocents les mains pleines...

Calme... Comme tout est calme... les rayons de la lune donnent aux flots apaisés l'aspect d'un lac d'argent... Aucune carte postale ne peut montrer une vue plus belle que celle qui maintenant en lui se dessine... Sa voix est douce, affaiblie par l'émotion... — Aux innocents les mains pleines... Et puis, les connaît-on vraiment? Ce sont ceux qu'on connaît le moins bien... On est trop passionné... — C'est vrai, vous n'êtes pas assez indulgent. On ne sait pas comment ils sont en réalité. Vous moins que quiconque... c'est naturel. Peut-être qu'ils sont tout autres que vous ne croyez. Vous seriez peut-être surpris...

Le rescapé qu'on a rappelé à la vie et rapporté sur un brancard, qu'on a pansé, à qui on a fait des piqûres calmantes, maintenant, loin des tempêtes, des glaciers, des crevasses, des hautes parois de rochers à pic, des mourants et des morts, étendu dans des draps lisses... pendant que les infirmières en le bordant penchent sur lui leurs purs visages sereins, leurs coiffes blanches, s'étire, soupire doucement, s'endort...

Tout dort dans la maison. Les pois de senteur retombent des vieux vases. Sur les vastes fauteuils amollis les percales se plissent avec un délicieux abandon... la porte en haut s'ouvre lentement... et les voilà... ils descendent en silence... le parquet a craqué... ils s'arrêtent, posent un doigt sur leurs lèvres, leurs fossettes espiègles se creusent, leurs bouches fraîches s'entrouvrent... ils s'avancent... vers quoi? que font-ils?... Il attend... Mais déjà avant qu'ils s'approchent, sa joie annonce ce que maintenant ils vont... oui, c'est possible... Oui, c'est sûr... ils s'avancent vers cela... vers cette sculpture laissée là, sur la table basse... ils la soulèvent... mais il n'a pas peur... leurs gestes sont pleins de précautions, de piété... ils la tiennent à bout de bras, ils la tournent... mais il n'y a rien à craindre... ils chuchotent... Oui, tu vois... Il y a longtemps que je le pensais... Aucun doute. Regarde-moi cette ligne. Avoue que j'ai raison. Crétoise. C'est bien ça... Délices inconnues. C'est quelque chose comme cela qui doit s'appeler le bonheur...

Mais attention, ils vont se retourner... Il faut se sauver, qu'ils n'entendent rien surtout, qu'ils ne sachent pas qu'il est là à les épier... qu'ils ne sentent pas sur eux son regard... un attouchement répugnant qui les ferait se recroqueviller, se durcir... Il n'y aurait rien désormais qu'ils ne feraient pour l'obliger à rentrer ça, à le cacher au fond de sa mémoire... à écraser cette vision idyllique, cette apparition céleste née de ses désirs séniles, de sa misérable imagination dévergondée... Plus jamais le moindre soupçon d'intérêt, même par politesse, même en présence d'étrangers... Sculpture crétoise, même dit pour le narguer, pour montrer combien il est facile, pour peu qu'ils le veuillent, de le battre sur son propre terrain... Sculpture crétoise, même pris au hasard et jeté là par pure dérision, lui paraîtrait une taquinerie charmante, un chatouillis délicieux, une caresse auprès du régime auquel ils le soumettraient dorénavant sans jamais se laisser fléchir.

Aucune marque de respect de la part de tous les innocents du monde ne pourrait plus les attendrir, les désarmer... Même en s'approchant d'eux, assis là sans rien dire dans un coin, en venant humblement quémander, portant dans ses bras, tendant pour déposer sur leurs genoux... cette reproduction en couleur... Regardez... On en voit rarement de cette qualité... Qu'en pensez-vous? on n'obtiendrait que ce petit geste pour l'écarter... — Oh moi, vous savez... avec un de ces rires qui donnent le frisson... moi, ces choses-là, je ne les vois pas. Je suis daltonien, moi, vous savez... — Quoi? Daltonien! Qu'est-ce que tu racontes? Qu'est-ce que tu vas chercher? Tu te moques de nous!

Et le doux innocent au visage rose et lisse de

prêtre qui a consolé tant d'affligés... il n'y a pas de brute, si endurcie soit-elle, qui traitée avec bonté, avec une grande douceur... s'interpose... — Ne vous excitez pas... Ce n'est pas ainsi que vous arriverez... Mais vous savez, mon cher enfant, ce n'est pas une raison. Le daltonisme n'empêche rien. Il s'opère une transposition. Il y a des peintres daltoniens... Mais aucune longanimité, aucune patience ne peut sauver ces âmes déchues, perdues, ne peut ramener celle-ci, irrécupérable, ne serait-ce que quelques instants sur le droit chemin. — Eh bien moi, figurez-vous, daltonien ou pas, la peinture, ça ne me dit rien. La sculpture non plus, du reste. Ni l'art en général. Pour tout vous dire : l'Art avec un grand A. L'Art que respecte, qu'adore papa. C'est peut-être d'avoir été traîné dans les musées... Dieu merci, je n'y remets jamais les pieds... La tête chenue se dodeline, des grands yeux candides irradie l'indulgence, la pitié... — C'est bien triste, mon pauvre enfant, de vous entendre parler de la sorte... Vous vous privez de très grandes joies... Vous chagrinez votre pauvre papa... qui croyait bien faire... qui a voulu vous donner... partager... Il a peut-être été maladroit, mais croyez-moi, il y en a beaucoup qui à votre place... — Oh oui, beaucoup, il y a beaucoup de fils à papa... Il en était un lui-même... Vous ne l'avez jamais

125

entendu... Allons, sors-lui ton numéro, raconte, c'est si édifiant, cette initiation à laquelle dans ta famille, de génération en génération, étaient soumis tous les garçons... même les filles n'étaient pas épargnées... Raconte ce choc, la première fois, devant quoi déjà? Pas devant le sourire de la Joconde, ça c'était pour grand-papa... Pas devant la Vénus de Milo, c'était encore la génération précédente... Allons, exécute-toi, ne fais pas tant de façons, la pudeur pourtant ne vous étouffe pas, vous autres... allons dis-le... Ah vous voyez, monsieur, comme il est têtu... Tu sais, si tu ne le dis pas, je vais le dire pour toi... C'était Fragonard, hein, le premier choc? Fragonard ou Watteau, hein? petit fripon, déjà polisson et voluptueux à cet âge-là...

Et ça n'a pas changé, croyez-moi. Ça n'a fait qu'empirer, les derniers temps surtout... avec la diminution de l'activité... les escapades sont plus rapprochées, plus prolongées... Crois-tu donc qu'on ne le sait pas? Et je vous assure qu'on serait tout prêt à fermer les yeux, chacun est libre, après tout, est-ce qu'on lui demande, nous, d'aller s'extasier devant cette exposition de bandes dessinées... une merveille, soit dit en passant... on sait bien qu'il ricanerait, « insultant à nos sentiments »... C'est qu'ils sont sans pitié, eux autres... pas attendrissants du tout...

très désinvoltes et sans égards... Ils sont si sûrs d'être du bon côté, soutenus par tous ceux, les plus respectés, qui continuent à pratiquer le culte officiel, par tous les fidèles qui ne manquent jamais les jours de fête d'aller accompagnés de leur famille faire leurs dévotions dans les galeries d'art, dans les musées... Et voilà que dans une famille jusqu'ici honorable arrive ce malheur... D'où?... Comment? pendant ses nuits blanches il se le demande... D'où un penchant si marqué pour la vulgarité, pour la platitude?...

LE SOUFFLE MORTEL. LE RAYON QUI TUE. Des mots de chez eux, de ceux qu'on voit imprimés en gros caractères noirs au-dessus de leurs bandes dessinées, surgissent, flottent en lui, passent et repassent... et puis plus rien... rien qu'une torpeur plutôt agréable... une hébétude...

En face de lui le gros homme au visage rose de gentleman campagnard est immobile, silencieux, comme assoupi... Que fait ici cette statuette en pierre rugueuse, d'un gris sale, celle d'une bête pataude, courtaude, au mufle écrasé, aux oreilles pareilles à des roues, à des pneus... elle n'est pas à sa place sur cette table basse... Ni là-bas, sur la cheminée où elle a remplacé...

il fallait bien y mettre quelque chose... la pendule de marbre au balancier cassé... Elle aurait dû rester à la cave parmi les fauteuils crevés, les vieilles malles, les vieux pots, les cuvettes et brocs d'émail ébréchés... Pourquoi ne pas avoir monté plutôt la petite sirène, offerte autrefois... par qui?... si douce au toucher... douce au regard qui se laisse glisser le long de ses courbes laiteuses... Mais la forme allongée du tigre d'albâtre aux reflets dorés serait peut-être encore mieux assortie à la ligne et à la couleur de la cheminée, aux teintes fanées des gerbes et des bouquets peints sur les rideaux, sur les housses de percale glacée, sur les vieux vases de porcelaine d'où retombent les fleurs mauves, roses et blanches des pois de senteur...

Il sursaute, il se redresse, il frappe, il crie... qu'on décloue le couvercle, qu'on déplace la dalle... qu'on le délivre, qu'on le laisse sortir... Juste pour quelques instants encore... juste une seule fois...

Il se retient de courir le long des quais, des allées du jardin, il franchit le plus lentement possible la grande porte du vieux palais, gravit l'immense escalier, traverse les enfilades de salles où se dressent, où gisent des formes blanchâtres... Mais là-bas, près de la fenêtre...

toujours à sa place... la voilà... à l'abri dans sa boîte de verre...

Pas d'impatience. Du calme. Avec elle rien n'est jamais donné... elle n'accorde qu'aux plus méritants... il faut rassembler tout ce qui reste de forces, ne pas en distraire une seule parcelle... il faut se tendre... s'ouvrir... il faut faire le vide en soi... pour que de nouveau comme autrefois elle laisse irradier, couler, se répandre...

Ils ouvrent la porte, ils descendent, ils entrent... Les deux vieux hommes sont assis l'un en face de l'autre, enfoncés dans leurs fauteuils, leurs verres encore à demi pleins sont posés devant eux sur la table basse. Regardez celui-ci : il tient encore sa pipe serrée entre ses dents... Et cette bête de pierre... Qu'est-ce qu'elle fait là ? Qu'est-ce que c'est ? Un rhinocéros ? Un puma ? Non, voyez ses oreilles. C'est une bête mythique plutôt... Un objet sacré qui servait probablement à quelque culte... Quel culte ?... Comment retrouver ce qu'elle pouvait bien représenter pour eux... Ils soulèvent, retournent, palpent... ces vestiges...

— Vous n'avez pas par moments l'impression que c'est fini, tout ça... Mort. Un monde mort. Nous sommes les habitants de Pompéi ensevelis sous les cendres. Nous sommes des momies dans leurs sarcophages. Enterrées avec leurs objets familiers... L'autre se soulève dans son fauteuil, se penche en avant... — Mais voyons, qu'est-ce que vous dites?... Qu'est-ce que vous allez encore chercher? Comment pouvez-vous vous laisser impressionner, entamer par de pareils enfantillages?... Des révoltes d'adolescents comblés... Ça leur passera.

Tu l'entends? Tu entends ce que dit ton ami? Ce que dit ton frère, ton sosie... Regarde-le, c'est un miroir où tu devrais te reconnaître... regarde cette face un peu trop rose, un peu trop lisse, macérée pendant tant d'heures, au cours de tant d'années, dans la quiétude, dans la sécurité, dans le contentement replet du recueillement... quand le chapeau à la main, tous les objets interdits, cannes, parapluies, laissés au vestiaire... après avoir patiemment fait la queue pour entrer, vous glissez avec lenteur parmi les bien-pensants, vous vous arrêtez, vous vous tenez figés... Ah bien sûr, on était un peu serrés... même en semaine, même en dehors des heures d'affluence... mais je n'ai pas eu la patience d'attendre... J'ai voulu au moins prendre un premier contact... Mais je vais y

retourner... Moi, j'y suis déjà allé deux fois...
Vous ne trouvez pas que ce qui domine tout le
reste, ce qui casse tout... Je pense bien... C'est
admirable. C'est à se mettre à genoux devant...

— Mais qu'est-ce qu'ils ont? Qu'est-ce qu'ils
font encore là-haut? Qu'est-ce qu'ils ont à rire
comme ça? — Que voulez-vous qu'ils aient? Ils
s'amusent, voilà tout... c'est normal... Souve-
nez-vous, quand ça nous prenait...

Non, à quoi pensait-on? Lui ton double, ton
sosie? Mais on ne le pensait pas... pas vraiment... c'était pour rire... pour te taquiner...
Lui ton reflet dans le miroir, ce balourd, à demi
sourd, qui débite de sa bonne grosse voix ces
platitudes... comme si ça pouvait te rassurer...
empêcher que tu te rétractes, que tu fris-
sonnes... quand entre toi et lui, quand entre
vous et toutes les merveilles répandues de par le
monde, ça se glisse, ça souffle, venant d'en
haut, de chez nous, cette bouffée de vent
aigrelet... d'un air frais... Voyez-le, il s'agite
dans son fauteuil, il lève la main pour imposer
le silence... il hoche la tête impatiemment... il se
redresse, il tend l'oreille... — Non... Écoutez...

Il faut forcer la dose... Forcer? Qui a dit

forcer? Qui, même dans un langage inaudible, même s'adressant à soi-même, aurait commis l'imprudence de dire « forcer »? Qui d'entre eux ne sait que ces rires pour être efficaces doivent être toute innocence, toute spontanéité... un jaillissement d'eau vive, un roucoulement, un pépiement... irrépressible... comment le retenir, se retenir quand c'est si drôle, désopilant... Pas si fort, on va t'entendre... pas si fort, voyons, on t'entend en bas... Tu vas les déranger... la main sur la bouche on pouffe... encore et encore... oh comment s'arrêter quand on est lancé... il ne faut presque rien maintenant, un geste, un mot anodin, et les explosions s'engendrent, se propagent, se communiquent... quoi de plus contagieux, n'est-ce pas? quand le terrain est propice, et il l'est... nourri d'insouciance, d'instabilité enfantine, de frivolité...

Quelles peurs, rancœurs, quels louches désirs, quels miasmes venant d'en bas, et s'infiltrant ici pourraient les atteindre?... De quoi s'agit-il? Qu'est-ce que c'est que ça? Je n'y comprends rien, mais rien. Et toi?... Mais moi non plus, bien sûr... Oh regarde... c'est trop drôle... le rire fuse... c'est tordant... oh passe-le-moi... passe au suivant, passe et repasse, encore et encore... affleurant à peine, s'insinuant, explosant tout à coup, puis silencieux, cheminant par en dessous... une eau souterraine... et le voilà qui jaillit, monte en geyser, très haut, trop haut... Oh attention, tu vas les déranger... ils pensaient qu'on était allés se coucher... et ça repart... qu'on était... impossible d'achever... le fou rire les étouffe... Oh tais-toi, tiens, je n'en peux plus, tais-toi, tu me fatigues... est-il bête... est-on idiots... On *est* idiots... Je vous le demande : qu'est-ce que j'ai encore dit de si tordant?... faisant le pitre, prenant un air consterné de vieux pion... Tss, tss... un peu de sérieux... Quel âge avez-vous donc? Quel âge... Oh, retenez-moi... oh arrête, je t'en supplie... arrête... tu n'entends pas? regarde le bouton... ha, ha, ha, quel bouton? non, là c'est trop... les explosions se succèdent sans interruption... Le bouton de la porte, idiot... il tourne, on frappe... Qu'est-ce que c'est?

Le gros animal tapi au fond de sa tanière a été enfumé, il est sorti... ouvre, qu'il entre... Mais regardez, la dose a été trop forte, il s'affale, ses gros yeux bulbeux se voilent, il va expirer... Et nous qui pensions qu'il aurait encore la force de mordre, qu'on n'en viendrait jamais à bout... C'est plus fragile que ça ne paraît... Eh bien, qu'est-ce qu'il y a? Qu'est-ce qu'on a donc? Qu'est-il arrivé? Ça nous a agacé très fort, hein? On ne supporte pas ces fous rires... On voudrait mordre comme on fait toujours dès qu'on vous taquine un peu... Non? Pas mordre? Vraiment? On n'est pas fâché? Mais ma parole, il y a eu maldonne, on l'a changé en nourrice comme disaient nos grand-mères... ce n'est plus le même... Si, c'est lui, c'est bien lui, je le reconnais. Je le connais comme ma poche... C'est vrai qu'il aurait mordu s'il en avait encore eú la force... Si nous n'avions pas mis tout le temps qu'il fallait pour qu'il vienne en se traînant demander grâce... pour qu'il montre patte blanche...

Vos rires? Quels rires? Je n'ai rien entendu. J'ai juste entendu du bruit... Vous n'êtes donc pas couchés? Si vous saviez comme j'aimerais être à votre place... Mais il n'y a rien à faire, je dois retourner là-bas...

Elle pose la main sur son dos voûté... Il ne faut pas écraser les vaincus... elle lui sourit, elle l'embrasse sur la joue... Allez, encore un peu de courage. Il n'y en a plus pour longtemps... N'aie donc plus peur, la paix est conclue... tu es pardonné... Comme l'enfant qui est venu près de sa mère recevoir un baiser, puis retourne, rassuré, jouer avec ses camarades, il va redescendre... Il nous fait avant de sortir un signe de la main, un petit signe mutin, gamin, il a un sourire espiègle, pitoyable, touchant, posé maladroitement, un peu de guingois, sur son visage distendu, bouffi par l'âge...

— Assez maintenant. Ça suffit. Il est temps d'aller se coucher, on a assez fait les enfants, assez joué... — Assez? Vraiment? Assez? — Oui assez. Il a fourni des preuves suffisantes. — Quelles preuves? — Tous ici les ont vues. Tous l'ont vu arriver, portant la bête morte. Tous l'ont vu déposer à nos pieds cette offrande. Un dur sacrifice, vous le savez. Aucun ange n'est venu retenir son bras. Il l'a tuée. Il l'a apportée et jetée là. — Je n'ai rien vu de pareil. Tu prends tes désirs pour des réalités. — Si, moi je l'ai vu. Moi depuis un moment je sentais qu'il fléchissait... la chair est faible... il avait beau lutter, serrer la bête vivante, toute chaude contre lui, essayer de la préserver à tout prix, il n'a pas pu résister à nos coups de semonce répétés... A la fin, il s'est détourné d'elle, il l'a abandonnée, privée de soins, il l'a laissée mourir, et puis il l'a saisie et il l'a apportée ici... Vous l'avez vu, ne dites pas non... Devant qui essayez-vous de jouer la comédie? Où vous croyez-vous? Qui espérez-vous tromper? Qui n'a pas vu, quand il est entré, qu'il tenait la bête inerte dans ses bras?... Ils se taisent... Ah, vous

135

voyez, tous ici l'ont vu. Il l'a déposée devant nous et il a dit : Voilà. J'ai obéi. Je vous l'apporte. Vous pouvez le constater : elle est bien morte. Vous pouvez la tourner et la retourner. C'est une charogne. Un pauvre déchet... Vous l'avez entendu ? — Oui. Tous l'ont entendu clairement : il a dit ça. Mais il fallait l'interroger. Ce qui compte, ce sont les intentions. Il fallait lui demander pourquoi il l'a fait. — Lui demander ? Mais on lui a demandé. — Qui ? — Moi. Au moment où il l'a déposée ici, par terre, je lui ai dit : C'est bon, c'est très bien, mais ce n'est pas la première fois. Cette bête, c'est certain, on ne t'y reprendra pas à t'en servir contre nous. Tu en as été guéri. Elle n'est pas de taille à te défendre... Trop fragile, trop vulnérable... Tout juste bonne à impressionner ces pauvres bougres que nous étions, quand nous étions prisonniers, enfermés là-bas chez vous, à votre merci. Mais il y a toutes les autres... Il a demandé, lâche, traître comme il est : Quelles autres ? J'ai éclaté de rire... Allez, ne nous joue pas la comédie, allez, descends, va rejoindre ton compagnon, va parler avec lui de vos expéditions secrètes, à l'abri de nos regards impies... savourer... cette ligne... de la cuisse... ce mouvement... plus beau que tout ce que j'ai vu à Rome, à Berlin... Mais il s'est agenouillé... ne me dites pas que vous ne l'avez pas vu... il a dit clairement, il a dit à haute et intelligible voix : Non, c'est fini. Plus de cuisses, de bras, de lignes, de formes, de couleurs, plus rien de tout ça... si seulement vous acceptiez... — Oui, c'était affreux, ce regard glacé que tu as posé sur lui, quand tu lui as dit : Si nous acceptions quoi?... Il tremblait légèrement, il a serré mes genoux entre ses bras, les larmes ruisselaient sur son visage : Si vous m'acceptiez, moi, si vous ne me rejetiez pas... Je suis prêt à tout sacrifier... plus d'escapades, plus de trahisons, plus jamais de mouvements de révolte, d'agressions, si vous vouliez me garder parmi vous... ne jamais plus vous éloigner comme tout à l'heure, ne jamais plus faire ça...

Quoi ça? Il s'est détourné, le pauvre... Quoi ça? Il n'a pas osé dire quoi, il savait que c'était dangereux, ce sont des choses auxquelles — même au point où nous en étions — il est plus prudent de ne pas toucher... il s'est contenté, pour montrer combien il était devenu pareil à nous, tout prêt, si nous l'acceptions, à prendre part à nos jeux, de ce geste espiègle, de ce pauvre sourire gamin... Tu as vu?... Je n'ai pas pu y tenir, je l'ai embrassé... Bon, relève-toi, descends. Tu as compris, c'est tout ce qu'il faut. Va maintenant, l'étranger en bas t'attend... Ses yeux ont brillé de joie quand j'ai dit ça : L'étranger, l'intrus, en bas doit s'étonner... je lui ai donné une tape sur l'épaule et il a détourné la tête pour cacher ses larmes de reconnaissance, de tendresse... Dépêche-toi, redescends, ton visiteur doit se demander ce qui se passe, ce que tu fais, enfermé ici avec nous...

— Vous n'êtes pas allé les gronder, au moins? Moi, vous savez, ils ne me dérangeaient pas... — Gronder? Moi? Eux? Gronder! Ah ils s'en moqueraient bien. Il s'agit bien de ça. Il y a longtemps que je n'ai plus le droit de dire un mot. Ce sont eux qui font la loi. Qui a dit qu'à l'heure actuelle les parents traitent leur progéniture comme des hôtes de marque... avec des égards infinis... On marche sur la pointe des pieds, on se fait tout petit, on se sent récompensé quand ils daignent se montrer indulgents... Mais encore faut-il l'avoir mérité. On ne nous laisse rien passer... pas ça... Il fait claquer l'ongle de son pouce contre sa dent... et croyez-moi, c'est sans limites. Plus on leur cède, plus ils deviennent exigeants...

L'autre toussote... l'air qu'on l'oblige à respirer l'incommode... — Je ne peux rien vous dire là-dessus, moi, vous savez... Ce sont des choses dans lesquelles je n'ai pas la moindre expérience. Il est probable que la paternité, comme le mariage, pour que ça marche, il faut avoir la vocation. Je ne l'avais pas, je l'ai compris très tôt...

Et puis sa main s'étend, caresse la bête de pierre posée entre eux sur la table basse... Son visage se détend... Son regard s'embue...

Mais tout à coup : Écoutez... comme une claque sur son dos, l'arrache à sa transe... Il se redresse : Qu'est-ce qu'il y a encore? Qu'est-ce que c'est? — C'est quelque chose... — Ah c'est encore ça? Ce sont ces rires?... — Enfin pas les rires exactement... les rires en soi ce n'est rien... — Non, rien, en effet... Je suis heureux de vous l'entendre dire... — Ce n'est rien en soi, mais il y a là... Je sais que c'est tout à fait déraisonnable... que c'est insensé... — Oui, insensé, ça l'est. Et vous vous complaisez là-dedans, vous vous y vautrez, vous ne voulez pas en sortir... Quelle perte de temps... Quelle déperdition d'énergie... Quand il n'y a rien. Mais rien. Vous vous acharnez sur rien. Du vent. Du vide. Vous vous battez contre rien. Il se penche en avant, l'air tout à coup d'un homme mûr, lourd d'expérience, parlant à un adolescent : Rien, vous comprenez. Il vous suffit de faire ça... sa grosse main balaie l'air... et il n'y aura plus rien : des rires de gosses. Ils s'amusent. Un point c'est tout. Des-gosses-qui-s'amusent. Rien d'autre. Ça ne *peut* être rien d'autre. Vous devez refuser que ce soit rien d'autre. Ces rires sont ce que vous en faites. Ils seront ce que vous voudrez. Je vous assure, je ne vous comprends pas. Il se tourne vers la fenêtre comme s'il appelait à l'aide... Faites battre le rappel, rassemblez, interrogez des milliers de gens sains, de gens normaux, il ne s'en trouvera pas un, vous m'entendez, qui ne vous dise que ça ne tient pas debout, que ça ne présente aucun intérêt... Aucun vraiment... C'est ridicule, c'est abrutissant... Tenez, répondez-moi plutôt... Cela au moins vaut la peine qu'on y pense... Comment après avoir adoré... vous vous en souvenez... avec une passion si exclusive... tous les dieux couleur de miel, toutes les filles des nombres d'or, on s'est avisé tout à coup... on a vu qu'il y a là... dans ça...

Il opine sagement de la tête, il se laisse traîner docilement, sa menotte moite serrée dans la forte poigne...

Il s'arrête et se tient exposé aux caresses délicates des rayons dorés qui irradient du poli des marbres, de leurs lignes gonflées, gorgées de sécurité, de tranquille contentement...

Lui-même gorgé, apaisé, il se sent gagné par un engourdissement délicieux. Il entend, résonnant étrangement, comme venant de très loin,

une voix métallique aux intonations péremp-
toires de grande personne.

Sa tête alourdie pareille à une tête mobile de
poupée s'incline, se balance comme fixée à son
torse par un fil de métal flexible... — Oui, vous
avez raison, c'est surprenant... pendant tant de
siècles... une telle éclipse du goût...

Goût? Goût, vraiment? Avons-nous bien
entendu? Goût. Oui, goût... la bouche plissée,
grotesquement arrondie, il a laissé tomber ça :
tout rond, glissant... goût... Non, laisse-nous
rire. Mais c'est à se tordre.

Il se réveille en sursaut... — Non, la langue
m'a fourché, je ne sais pas ce que j'avais... Je
n'y étais plus... Vous savez bien qu'il ne s'agit
pas de ça. — Pas de ça? tout lisse et rond,
satiné, parfumé, pois de senteur, vieux vases et
percales glacées, sculpture précolombienne aux
lignes si pures, délicieusement naïves et savan-
tes?... Les gens bien nés savent du premier
coup d'œil où ils se trouvent... la moindre faute
et on se hérisse, on se détourne, fi donc, on se
bouche le nez... quelle horrible promiscuité, où
est-on allé se galvauder... Mais c'est vrai que
c'était une erreur de ta part d'employer ce
mot... Même chez vous « goût » est de mauvais
aloi... c'est un de ces mots... comme « distinc-

tion »... qui pourraient servir à construire de jolies devinettes : Quel est le mot qui révèle aussitôt chez celui qui l'emploie que la chose que le mot désigne lui manque? Vous donnez votre langue au chat? Eh bien, c'est le mot goût, ha, ha... — Assez. Arrêtez ces ricanements. Pour qui me prenez-vous? Pourquoi cette comédie? Vous savez parfaitement qu'il ne s'agit pas de ça. — De quoi alors?... l'air hébété, se balançant, un doigt dans la bouche... Disnous... Il crie : Il s'agit de force, d'audace, de percée, de rupture, d'explosion... Peu importe où... comment... une puissance d'attaque, un pouvoir de destruction... partout et toujours... et dans l'art moderne... que ça s'appelle comme vous voudrez... op'art, pop'art... je suis tout prêt à m'incliner... mais que ce soit de l'art, du vrai...

Du vrai? Art? De mieux en mieux. Art. De Charybde en Scylla. Art. Ah, Ah, Ah... Art... la bouche grande ouverte pour laisser sortir ce gros ballon gonflé d'admiration, de vénération... Tout droit, l'œil immobile... revêtu de la livrée héritée de père en fils... dressé dès son jeune âge au service des Maîtres... fier de montrer au petit peuple impressionné qui le suit à travers les grandes salles lambrissées des palais, entre les hautes fenêtres donnant sur des jardins, les images éclatantes relatant les hauts faits de ces guerriers héroïques, de ces conquérants glorieux, de ces saints martyrs de la foi...

Tous ceux qui ont mérité d'occuper ici la place que leur confèrent leurs prérogatives de droit divin, les vertus qu'ils tiennent de leur haute naissance, reçoivent de lui les mêmes marques de respect, les mêmes soins...

Et nous, appelés à lui succéder, nous que notre humble origine a destinés comme lui aux rôles subalternes, aux tâches faciles et humbles, nous devons apprendre à nous contenter, à nous réjouir de notre modeste condition... nous devons nous sentir gratifiés quand les grands de ce monde daignent faire retomber sur nous, qui leur sommes fidèlement attachés, un peu de leur rayonnement...

Mais ces vilains garnements, cette engeance du diable, on a beau les éduquer, tout essayer... la douceur, la force... prêcher d'exemple... ne rien leur laisser passer, les surveiller constamment, ils ont le goût pervers de salir, de saccager... Pardonnez-moi... s'avançant humblement, sa casquette à la main... j'ai eu beau les corriger, il n'y a rien à faire... cette nouvelle génération... — Allons, allons, remettez-vous, mon ami, je vous connais, j'apprécie votre dévouement, ne vous mettez pas dans cet état, ne les grondez pas trop, vous verrez, ça leur passera... ils ne savent pas ce qu'ils font... — Oh... tout ratatiné, l'humilité suintant de lui partout... oh quand je pense à ce qu'ils ont osé... à l'égard de quelque chose d'aussi sacré... après tant d'admonestations, tant de recommandations... Ne pas toucher... épousseter et lustrer avec mille précautions... ce qu'ils se sont permis... Mais c'est contre moi, les petits gamins haineux, vicieux, ont voulu me narguer, me plonger dans la honte... — Calmez-vous, mon ami, est-ce donc si grave que ça? — Oui, c'est très grave... — Mais qu'est-ce que c'est? Qu'ont-ils donc fait? — Ils ont... mais c'est atroce... ils se sont amusés, comme des vauriens qu'ils sont, comme des gamins qui attachent une casserole à la queue d'un chat... ils ont fabriqué avec du papier gaufré comme celui qu'on trouve, sauf votre respect, au fond des boîtes de biscuits, de chocolat... un collier, une fraise qu'ils ont passée au cou de cette statue... une bête mythique... une sorte de puma... Je l'ai vue, un matin... j'ai crié, je les ai appelés et ils sont accourus, arborant leurs visages souriants, faisant entendre leurs exaspérants petits rires... je pouvais à peine parler, je leur montrais la chose du doigt... Qui? Qui de vous a fait ça? Et ils se sont regardés en se retenant de pouffer : Qui? Toi? Ou toi?

Et puis ils se sont placés en demi-cercle devant moi et l'un d'entre eux s'avançant un peu m'a dit d'un ton provocant : C'est nous tous. Tous ensemble. Cette fraise est le produit d'un travail collectif. Un travail collectif. Parfaitement. Et m'écartant, ils se sont approchés de la cheminée, ils ont, malgré mes supplications, mes cris, pris dans leurs mains et apporté, posé ici, le ventre en l'air... Ne trouves-tu pas qu'elle est mieux ainsi? Non? Mais n'aie pas peur, on ne la cassera pas... ils l'ont tapotée... Avoue qu'elle est plus belle dans cette position... et cette fraise lui va à ravir... On a fait ça, comme ça, dans un moment d'inspiration... avec n'importe quoi, tous les matériaux sont bons... même tes illustres maîtres ne dédaignent pas aujourd'hui, n'est-ce pas? le plomb vil, quand le cœur leur en dit... Seulement nous on ne cherche jamais à le changer en or pur, on s'amuse un peu, c'est tout... Arrache ça si tu veux, tiens, je l'enlève, ne t'inquiète pas... Mais avoue que ça lui allait, avoue que ça la parait... elle a quelque chose d'un peu morne, d'un peu pataud, ça l'allégeait, ça lui donnait un je ne sais quoi...

Alors je suis revenu à moi, je les ai saisis au collet, je les ai secoués... Pauvres petits vieux, misérables imitateurs, petits-fils dociles de ceux qui il y a cinquante ans peignaient des mous-

taches, oui, vous le savez bien... croyant tout
bouleverser, faire table rase de tout... et on sait
comment depuis... allons, déguerpissez, allez
vous coucher...

Et ils sont montés sans rien dire, ils se sont
enfermés là-haut... Je les croyais écrasés, je
pensais les avoir anéantis... et puis les rires ont
recommencé... ces longs rires comme de fines
lanières qui cinglent et s'enroulent...

Non, c'est trop drôle, vous l'avez entendu?
La Joconde... des moustaches à la Joconde... Ils
en sont encore là, à établir leurs tables chrono-
logiques, leur misérable ordre de priorité pour
servir l'amour-propre insatiable de leurs
maîtres, des « créateurs »... Des moustaches à la
Joconde... C'est vrai, on n'y avait pas pensé,
bravo, nous sommes ravis... C'est fini tout ça,
mon pauvre, les tableaux d'honneur, les hiérar-
chies... les précurseurs par là... par ici les
imitateurs... par là les grands, par ici les petits...
Les moustaches, c'était parfait... on regrette de
ne pas avoir été là pour participer, pour voir la
tête que tu as faite... Non, c'est idiot, il me fait
de la peine... toute une vie compassée, macérée
dans l'humilité, n'osant jamais se permettre...
Tiens, ça... déchirant la boîte de biscuits, faisant
tomber les biscuits par terre, piétinant les

morceaux, arrachant le papier gaufré, le pliant... Les rires s'arrêtent, les visages deviennent sérieux... Tiens, passe-le-moi, j'ai une idée... ou bien non, c'est trop petit, un carton ferait mieux l'affaire... ils cherchent autour d'eux... ça, tenez, et pas autour du cou, plutôt autour du mufle, ou bien non, autour du ventre... plus bas... et il faut l'asseoir, ça lui fait comme un tutu... elle commence à me plaire du coup... ça lui donne un air... un genre... Oh le vilain mot... Regardez comme il a pâli, ça le fait défaillir... c'est si vulgaire, n'est-ce pas? si avilissant... Mais ne prends pas cet air désespéré, tiens, on te la rend, on te rend ton hochet, tu vois, elle n'a plus sa belle ceinture, son beau collier... c'est dommage, ça lui allait si bien... voilà, calme-toi, on le déchire, on le jette... Nous, messieurs, vous savez, on n'a pas d'amour-propre d'auteur, on ne cherche pas à fabriquer l'objet rare, la pièce de collection... aucune visée de richesse, de gloire proche ou lointaine... Nous sommes détachés, très purs. Tous égaux. Tous géniaux... Toi aussi, tu sais, tu es un génie... toi aussi, pourquoi pas? si seulement tu voulais... Toi aussi...

Leurs paumes fermes enserrent ses mains... Viens, amuse-toi un peu, comme nous, lève-toi, étire-toi un bon coup, dégourdis-toi... Mais attention, il s'est échappé, regardez-le, il est accroupi derrière le fauteuil de son ami... Qu'est-ce que tu fais là? Tu te caches, ça te fait donc si peur? Allons, sors de là... il se laisse saisir, tirer, il agite la tête sans parler... un sourire s'étale sur sa face lisse de vieil idiot... Tu vas voir, on va s'amuser, on va danser... tiens, ça te fera du bien, on va jouer la comédie... laisse-toi aller... ouvre tes écluses, brise tes barrières, redresse-toi enfin, bondis, jaillis... ils lui tapent sur la poitrine, sur le front... il y a des « trésors » là-dedans, des « richesses insoupçonnées », comme vous diriez... comme chez nous, comme chez tous... Non? Il n'y a rien à faire? Tu ne veux pas? C'est ton dernier mot? Tu préfères rester là affalé, pesant et inerte comme cette bête... regarde-la... Tiens, prends-la, va la reporter sur la cheminée, c'est là sa place... il se penche, il la prend dans ses mains... et ils le poussent... Pas tant de précautions, ne prends pas cet air de porter les saintes huiles, le saint sacrement... voilà... elle est bien là où elle est... Et tu vas voir maintenant, on va commencer... mais regardez comme il est raide, comme il est ratatiné, durci... il faut laisser tout ça se détremper... dans l'insouciance, le laisser-aller... Tu as été délivré, tu es libre, comprends-le... plus de seigneurs et maîtres, plus d'images de piété, le maître, c'est toi, toi le seul maître à bord, toi et ton geste souverain... Il n'y a plus rien à craindre, plus de juges, plus de lois... C'est lamentable de voir ce qu'ont fait de toi tant d'années, toute une vie passée dans la soumission, dans la dévotion, ne te permettant jamais même en pensée, juste ça... regarde ce que nous faisons... c'est si facile...

« Facile »... voyez comme il se rétracte, le mot lui a fait peur... un de leurs mots garde-fous, un de leurs mots chien de berger qui les font aussitôt déguerpir, courir se réfugier serrés les uns contre les autres dans l'enclos... Facile. Oui. Mais ça ne doit plus t'effrayer. Facile, et pourquoi pas? Et tant mieux, c'est délicieux, il n'est plus nécessaire de subir les épreuves, les échecs, les désespoirs, les renoncements, les recommencements tremblants, les sueurs mortelles, les flagellations, les prosternations, les longues heures passées dans l'attente d'un signe, si faible soit-il, prouvant l'élection... Tous sont élus. Tous sont appelés. Il n'y aura plus jamais d'éliminations, d'exclusions... lève-toi, étire tes membres ankylosés, n'aie donc pas peur...

Il jette vers l'ami immobile au fond de son fauteuil un regard d'enfant intimidé à qui on demande de réciter sa poésie devant le cercle de famille... Ne le regarde donc pas, oublie-le, oublie tout... viens... débarrasse-toi de ces

vêtements encombrants... fais comme nous...
on s'amuse tous ensemble... Il se soulève
lourdement... Mais qu'est-ce que c'est? Qu'est-
ce que vous voulez faire? Est-ce une pièce de
théâtre? Est-ce un ballet? Comment voulez-
vous que moi... Oh que veut-il encore? Il y a
vraiment de quoi se décourager... Non, il faut
encore un peu de patience... Ça ne porte pas de
nom, comprends-tu... Plus de noms, plus d'éti-
quettes, de définitions... c'est ce que ça devien-
dra, personne n'en sait rien, personne ne veut le
savoir... lance-toi à corps perdu... Perdu, c'est
ça, perdu sans retour, oublié, inconnu, hors des
regards, hors des souvenirs... dans un espace
vide, sans pesanteur... il sent comme son gros
corps lourd... Qui a dit cela? Qui a dit gros?
Qui a dit corps? Qui a dit lourd? D'où viennent
ces mots? Ils sont sur moi. Ils sont plaqués sur
moi... les mots me recouvrent... arrachez-les...
Ils l'entraînent, ils le font tourner, ils le font se
coucher, se relever, la grosse masse lourde, le
pachyderme, l'éléphant se met à danser...

Il regarde ces vieux mots qui se sont détachés
de lui, il les piétine en riant... Voilà ce qui a
collé à moi toute ma vie... gros corps lourd... je
n'ai plus peur... regardez ce que j'en fais... mais
tandis que le mouvement l'emporte toujours
plus fort cela aussi se détache de lui, squames
qui tombent de la peau des scarlatineux en voie

de guérison... Il n'y a plus de « regardez », plus de « je », plus de « fais »...

Plus rien que ce qui maintenant en lui, à travers lui, entre eux et lui se propulse, circule, ils ne font qu'un, ils sont comme les anneaux d'un serpent qui se dresse, oscille, rampe, grimpe sur les meubles, sur l'escalier, se roule en boule, se laisse tomber, se déroule, s'étire, s'élance d'un côté et de l'autre... l'eau coule des vases renversés... une fleur toute droite se balance comme un cierge dans sa main... Retombé tout essoufflé dans son fauteuil il lève la tête et voit penchés sur lui leurs visages souriants... Vous voyez ce que vous me faites faire... Vous me faites faire des folies...

L'ami assis en face de lui de l'autre côté de la table basse, le pouce et l'index appuyés comme pour mieux réfléchir sur les coins de ses paupières fermées, se tient immobile, se tait. Immuable. Imprenable. Aussi insensible que les murailles d'un château fort aux vaguelettes qui clapotent à leur pied, aux bestioles qui s'agitent dans la vase des douves.

— Écoutez... Mais écoutez donc... Il retire sa main, il ouvre des yeux las — Oui? Qu'est-ce qu'il y a? — J'ai l'impression par moments... vous allez rire, vous aussi... que... que la vie...

pardonnez-moi, c'est ridicule... enfin ce que faute de mieux il faut bien appeler ainsi... elle est chez eux maintenant... pas ici, plus là-dedans... il donne une chiquenaude au flanc de la bête... C'est passé tout ça. Fini. Bientôt plus rien ne restera, tout ce qui apparaîtra disparaîtra aussitôt... aussitôt détruit que construit... un perpétuel écoulement... plus rien ne pourra être retenu, conservé, préservé, plus de trésors, plus d'objets de piété comme celui-ci, ils n'en veulent plus... Et sans eux...

— Ah vraiment, ils n'en veulent plus? Et c'est fini tout ça? Mais comme c'est désolant... il pose la main sur le dos de la bête et la fait glisser sur la table vers lui... Ils ne veulent plus de nous, vois-tu... Mais quel malheur, mais quelle horreur, mais sans eux qu'allons-nous devenir, pauvres de nous... — Oui, c'est vrai, vous ne croyez pas si bien dire... se penchant à travers la table, chuchotant... Qu'allons-nous devenir? Oui, qu'allons-nous devenir sans eux? — Sans eux? Qu'allons-nous devenir? le vieil ami hoche la tête, de son regard coule la compassion... Pardonnez-moi de vous faire de la peine, mais je crois qu'il va falloir se passer d'eux. Hélas, il faut s'y résigner. Et rira bien qui rira le dernier. Car nous sommes forts, très forts, c'est très fort ce qu'il y a là-dedans, une puissance énorme... Le jour où ils essaieront de détruire ça... Mais il n'est pas encore venu, je crois que vous leur prêtez beaucoup, vous les faites plus redoutables qu'ils ne sont, les pauvres petits ne seront jamais de taille...

Les mains enfoncées dans les poches de leur pantalon, la casquette rabattue sur les yeux, le mégot collé à la lèvre, ils flânent nonchalamment entre les tréteaux, s'arrêtent de temps en temps pour écouter les sempiternels boniments, regardent avec une moue de dégoût ces gestes répugnants de marchands d'esclaves poussant devant eux, faisant pivoter, tapotant les jambes, donnant des claques sur les flancs... Ici, peut-être, je le reconnais, dans le contour de la cuisse une certaine mollesse, mais voyez la ligne du dos... incomparable. Toute l'innocence et toute la force des primitifs. Une pièce de choix. Qui dit mieux? Regards circulaires qui épient, voix qui flanche... Allons, décidez-vous...

Mais personne ne bouge. Personne n'est « de taille ». Tous trop pauvres. Si démunis. Vous pouvez la garder pour vous. Garde-la pour toi, ta merveille. Grand bien te fasse.

Il relève la tête et soudain, d'un air dont il est lui-même surpris, avec quelque chose en lui qui avant même qu'il parle les force à reculer, serrés les uns contre les autres : Oui. Grand bien.

Étonnant comme cela a suffi : cette nuance tout à coup malgré lui dans son ton, leur révélant... ils peuvent à peine y croire... qu'il est vraiment pour de bon détaché d'eux, qu'il les néglige, qu'il les oublie, tourné vers lui-même, contemplant ce qui est là en lui, et constatant tout naturellement avec ce calme parfait, cette gravité : Oui. Grand bien.

Et eux à leur tour, malgré eux, comme par contagion aussitôt se redressent, se tiennent au garde-à-vous, le visage immobile, les yeux fixés sur lui.

Oui. Grand bien. Et surtout ne pas ajouter un mot de plus. Profiter de cette victoire inespérée, consolider ses positions. Oui. Grand bien, vous m'entendez. Et ça suffit maintenant. Ouste, hors d'ici, disparaissez.

Mais voilà que ça se met à sourdre, ça monte en lui, le remplit, le déborde, ça s'écoule ne rencontrant plus aucun obstacle, impossible de le retenir, oui, grand bien, le plus grand bien qui existe ici-bas, ces moments de contact, de parfaite fusion...

Dans leurs yeux qui se remettent à bouger, sur leurs visages ranimés quelque chose glisse...

l'un d'entre eux fait un mouvement vers lui, les autres doucement le retiennent... Laisse-le donc parler... C'est intéressant... — Oui. Intéressant, en effet, très marrant, n'est-ce pas? Très marrant d'avoir voulu vous offrir... il marche de long en large devant eux... tout ce que je possède de mieux... tout ce que personne ne pourra vous prendre... Oui, marrant de vous traiter en hôtes de marque qu'on met à la place d'honneur, pour qui on monte de sa cave, à qui on fait déguster ses meilleurs crus... Et me reprochant toujours de ne pas avoir pu, de ne pas avoir su vous donner encore quelque chose de mieux... et vous priant de me pardonner toutes les imperfections... m'efforçant, c'est vraiment tordant, de vous cacher le plus long-temps possible... les pauvres petits l'apprendront bien assez tôt... de dissimuler les tombes, de ne vous montrer que les belles gerbes de fleurs... et surtout de vous léguer ce talisman qui vous permettra parfois pendant quelques instants, sans dépendre de personne, seuls, de conjurer... mais pourquoi souriez-vous? — Mais on ne sourit pas... On t'écoute... — Oui, de conjurer... pardonnez-moi d'être grandilo-quent... de tenir en respect la mort... Mais vous pouvez sourire, en effet, vous pouvez rire. Vous avez raison. Imbécile que j'étais. Pélican. Prêt à me dépouiller. A me sacrifier... m'écartant, me recroquevillant pour que les chers petits s'épanouissent, occupent toute la place... Qu'ils daignent accepter... Est-ce assez bon? Est-ce assez bien présenté? Oh quel bonheur, ils ne se détournent pas, au contraire, regardez, ils se penchent... Non? Oui?

Ils se tiennent en demi-cercle, serrés les uns contre les autres au coude à coude, leurs visages sont immobiles, leurs yeux pareils à des yeux de verre sont fixés sur lui. Il se rapproche d'eux... Mais dites quelque chose... mais je vous parle... vous m'entendez?

Il martèle faiblement leurs puissantes poitrines de ses petits poings serrés, des intonations pleurnichardes s'insinuent dans sa voix... Je sais que je suis ridicule, je sais qu'il n'y a rien à faire avec vous, que rien ne sert... Et puis reculant, s'écartant d'eux, il crie d'une petite voix de fausset : Mais vous savez, je ne suis pas seul. Il y a des gens et des meilleurs... Le piéton isolé que des voyous ont encerclé sur une route déserte se retourne, appelle, il y a du monde aux alentours, mes compagnons sont là, à portée de voix, tout près, juste derrière le tournant, ils vont accourir... Nous sommes encore quelques-uns, Dieu merci, pour qui ces choses comptent... Je ne suis pas seul de mon avis... Tous ceux qui sont encore capables de vrais efforts... ils sont avec moi... des jeunes de votre âge pour qui je n'ai jamais levé le petit doigt, à qui je n'ai jamais rien donné... et qui spontanément sans que je leur demande rien... ils m'entourent, me soutiennent...

Ils se rapprochent de lui, ils se serrent encore davantage les uns contre les autres... il y a plus de dureté, une lourdeur accrue dans leurs mâchoires, dans leurs regards... Écoutez-le, écoutez ces couinements affolés... Toi qui te croyais imbattable, si bien armé... Nous te faisons donc si peur que tu as besoin de te mettre sous la protection des forces de l'ordre, voilà maintenant que tu cries au secours, tu appelles les flics...

— Non, ce n'est pas ça, non, ne croyez pas... Ce n'est pas ce que j'ai voulu... Suis-je donc si bête ? Est-ce que je ne sais pas que vous ne vous laisserez pas impressionner, intimider par ce genre d'arguments ? J'ai juste voulu vous rappeler que je n'étais pas seul de mon espèce, pas si méprisable, après tout, pas si fou... Je n'aurais pas dû, bien sûr, je ne sais pas ce qui m'a pris, c'est sorti malgré moi...

— Malgré lui... C'est sorti... sous l'effet, voyez-vous, d'un de ces réflexes conditionnés par des siècles passés du côté des bien-pensants, des protégés, des privilégiés installés parmi leurs trésors, couvant leur magot... Et au premier signe de danger... impossible de s'en empêcher... A moi bonnes gens, braves agents au secours!... On ne va pas tout de même se battre contre ces voyous, nous ne sommes pas seuls, Dieu merci, les gardiens de la paix sont là pour nous défendre... Un bon coup de matraque par-ci par-là leur apprendra, à ces petits chenapans... Il n'y a rien de tel pour vous éclaircir les idées...

Il paraît que nous ne nous étions pas encore inclinés assez bas devant cette petite merveille. Ce chef-d'œuvre. Une pure œuvre d'art. Mériterait de figurer dans un musée. Ne l'avions-nous pas entendu proclamer? N'avions-nous pas entendu claironner les dernières ordonnances? Bien sûr que si, et nous avons défilé, nous avons rendu hommage, il n'y avait pas moyen de faire autrement. Et puis nous nous sommes retirés. Nous nous sommes enfermés chez nous. Mais c'était encore trop. Même ça n'était pas autorisé, il fallait rester là toute la nuit en extase, il fallait s'égosiller à chanter les louanges... C'est ça qu'il exigeait. Hein? Avoue-le, c'est ça que tu voulais : nous forcer à nous parjurer, à nous avilir... Tu as pâli, tu t'es défait, quand nous nous sommes levés, calmes, dignes, distants, quand poliment nous avons pris congé et nous sommes retirés en bon ordre... Mais il n'a pas pu le supporter, il a couru après nous... — Ce n'est pas vrai, je n'ai pas couru, je n'ai pas bougé d'ici... — Pas bougé? Tu n'es pas monté? Tu n'as pas secoué la porte? — Mais quand? Bien plus tard, quand vous n'en finissiez pas... — Ah, quand on s'est permis... quel crime de lèse-majesté... quand on s'amusait un peu entre nous... quand on riait doucement derrière la porte fermée... — Oui, quand vous faisiez couler, dégouliner sur nous... On en était tout rempli... On commençait à suffoquer...

— A suffoquer? Comme c'est intéressant...

Cette fois c'est nous qui faisons appel à tous les braves gens, à tous les gens sains, normaux du monde... à vous, monsieur, qui en êtes un si digne représentant, à vous qui paraissez — et vous l'êtes sûrement — si parfaitement équilibré... Est-ce que vous avez senti en nous entendant rire quoi que ce soit qui vous ait empêché de respirer? Est-ce que vous vous êtes senti incommodé?...

Il se tourne vers son ami... — Oui, dites-leur... je vous en supplie... Avouez... Il n'est pas possible que vous n'ayez rien senti... Plusieurs fois vous vous êtes arrêté de parler, vous avez tendu l'oreille d'un air inquiet... Dites-le...

L'ami secoue la tête... — Je serais heureux de vous soutenir, je ne demande pas mieux que de vous secourir... Mais vous aviez beau attirer mon attention, chercher à m'expliquer... je trouvais quant à moi... je dois avouer que c'étaient des rires bien innocents, des rires plutôt plaisants... des fous rires comme on peut en avoir à cet âge... on n'arrive plus à les arrêter... Hochant la tête, souriant d'un air nostalgique, attendri... Oui, des rires jeunes... des rires frais...

Ils répètent après lui : Des rires jeunes. Des rires frais. Des rires innocents. Tu entends ? Tu entends la voix de la raison ? Tu entends la voix de la sagesse ? Des rires innocents. De jeunes rires frais.

Ils répètent les mots en scandant. C'est comme un martèlement de bottes sur la chaussée. Des rires frais. De jeunes rires innocents. Innocents. Innocents. Le martèlement devient plus fort, les voix ont les notes rauques du commandement.

C'est fini enfin, toutes ces folies, ces excentricités. L'ordre va régner. La paix des braves gens.

Il n'y avait plus de limites à l'audace des fauteurs de troubles, des agents de la subversion.

Voyez celui-ci. Camouflé sous l'aspect le plus rassurant. Il passait aux yeux de tous, de ses employés, de ses employeurs, de ses connaissances, de ses amis, de ses voisins, pour un brave homme, un père de famille irréprochable, tout dévoué à ses enfants. Des jeunes gens si bien élevés, si respectueux... « Je ne peux pas dire, je n'ai jamais eu à m'en plaindre »... Combien de fois ne l'a-t-on pas entendu répéter ça? Combien de fois ne l'a-t-on pas entendu se vanter d'avoir cette chance d'être le chef de la famille la plus unie...

Eh bien, figurez-vous que dans cette maison paisible, arrangée avec un goût exquis, où il a lui-même grandi auprès de parents charmants, auprès de grands-parents aux doux visages roses surmontés de cheveux d'argent, parmi les percales glacées et les pois de senteur... au milieu de tant de si jolis objets, de véritables œuvres d'art... il y avait un repaire, un foyer... il se passait des choses... Qui aurait pu s'en douter?... Un ami un jour a surpris, mais n'en a pas cru ses oreilles, n'en a jamais parlé à personne, personne n'aurait compris, tout homme de bon sens aurait pensé que c'étaient des imaginations malsaines, une pure folie... De simples rires...

des rires innocents. Des rires frais. Des rires comme on en a à l'âge de la gaieté, de l'insouciance, à cette époque bénie, hélas si vite passée, où, vous vous en souvenez, un rien suffit pour vous faire rire, où l'on a de ces délicieux, irrépressibles fous rires... Eh bien, cet individu camouflé sous l'apparence du brave père de famille... en secret... par des procédés connus de lui seul, réussissait à fabriquer à partir de ces rires des miasmes, des gaz asphyxiants, des microbes mortels, un fleuve de pourriture, une mer de boue qui se serait répandue sur toute la terre... Il était prêt à fournir à tous ceux qui l'auraient désiré l'instrument qui leur permettrait impunément à chaque instant de faire jaillir toute l'immondice du monde d'un rire frais d'enfant... de semer la suspicion... la délation... Où irait-on, je vous le demande, si l'on n'y mettait pas bon ordre? Si l'on ne s'écartait pas comme d'un pestiféré, si on ne mettait pas au ban par simple mesure d'hygiène, par mesure de simple sécurité...

Il s'élance vers eux, il s'accroche à eux... Vous le savez bien, vous savez que vous mentez. Si endurcis que vous soyez, vous ne pourrez pas vivre en paix si vous laissez condamner à votre place... Vous savez bien que vous avez tout provoqué, tout... comme toujours... sournoisement...

Il tend l'oreille... Sournoisement... Il se redresse étonné... Sournois... Il fallait y penser :
sournois.

Voilà qui est de taille. Voilà qui peut lutter
contre innocents. Contre frais... Rires sournois...

Ils se retournent, hésitants, comme déconte-
nancés, tandis que lui reprend des forces, les
lâche, se relève et se tient devant eux, les bras
croisés, l'air provocant... Oui. Sournois. Ça tout
le monde le comprend. Sournois est admis.
Sournois est légal. Sournois recouvre tout ça...
il fait un large geste du bras les englobant, eux,
la statue posée sur la table, l'ami assis dans son
fauteuil et là-haut, sur le palier, la porte qu'ils
ont laissée entrouverte et d'où se dégageaient...
non, pas se dégageaient, ce n'est pas accepté...
d'où coulaient, déferlaient sur eux... non, pas ça
non plus... coulaient, déferlaient a un petit air
de mauvais aloi... D'où provenaient... ça c'est
propre, aseptisé, parfaitement salubre... d'où
provenaient des rires sournois. Ça on peut le
dire, n'est-ce pas ? Qui ne sait aussitôt ce que
signifie le mot sournois ? Qui ne s'en sert ?

Eh bien voilà : leurs rires sournois produisaient en moi... ça aussi, je peux le dire ? Ça
aussi est permis ?... produisaient — quoi de plus
normal ? — en moi un malaise. Quelles autorités, quelle police, quel régime dur réprimant
toute tentative de subversion n'autoriserait pas

un brave homme à constater tristement que des rires sournois ont provoqué chez lui un sentiment bien naturel de malaise?

Qui peut avoir à redire à cela? Vous voyez, nous sommes à égalité. Des deux côtés des gens parfaitement normaux, des citoyens respectueux des convenances, obéissant aux coutumes, aux lois. Les uns affirment que c'étaient des rires innocents. Et un autre réplique conformément au code en vigueur, faisant usage de ses droits, que c'étaient des rires sournois.

Sournois? C'est ce que tu veux? Tu n'attends que ça? Qu'on déclare bien haut que c'étaient des rires sournois? Es-tu bien sûr que c'est là ton dernier mot? Tu es certain que tu ne le regretteras pas? Ne crois-tu pas que tu as l'appétit plus grand que l'estomac? Tu as donc oublié ce qui t'est arrivé quand imprudemment, à force de pleurnicheries, tu as fini par obtenir « natures médiocres »? Est-ce que ça n'aurait pas dû te servir de leçon, « natures médiocres »... cette amputation dont tu as cru mourir, te vidant de ton sang?... Mais « sournois » est pire, bien plus dangereux. « Sournois »... songe donc... sournois, nous, à ton égard... Nous devenus un corps étranger incrusté dans ta chair, la rongeant...

Il titube, ses jambes fléchissent, la tête lui tourne, il fait un faible geste de la main pour les arrêter... Il voit penchés sur lui leurs visages attentifs, attendris... Ah il est bien toujours le même, se gonflant, fanfaronnant, présumant de ses forces, cherchant à s'émanciper, essayant de faire l'indépendant...

Nous te faisions donc si peur? Tu sais bien pourtant que nous ne sommes pas méchants... Sournois, nous, voyons, tu veux rire... Tu ne le crois pas vraiment. Où es-tu allé chercher ça?...
Nous menaçants? Dangereux? Mais comment? Mais par quoi? Venez donc, approchez, messieurs les agents, vous pouvez nous fouiller, nous n'avons pas d'armes, nous n'avions aucune mauvaise intention. Ce monsieur s'est fait des idées. Voici nos papiers. Nous sommes de bonne famille. Des jeunes gens très bien élevés. Nous ne savons pas ce qui lui a pris. Demandez-lui donc qu'il vous dise ce qu'on a fait, en quoi on s'est mal conduit, en quoi on a manqué de respect.

Ils s'approchent d'un air pénétré, ils passent

leurs doigts sur les oreilles en forme de roue de char, en forme de conque, posent des questions, écoutent respectueusement les réponses...

Si parfaitement éduqués, entraînés dès leur plus jeune âge... Il faut s'y prendre de bonne heure, même quand on a cette chance d'avoir reçu du ciel de bons sujets... Ils s'arrêtent de leur propre mouvement au cours d'une promenade pour signaler une tour, un clocher... Un mécanisme bien mis au point automatiquement en eux se déclenche dès qu'entre les arbres, dès que derrière une place de marché, au-dessus de l'éclat bariolé des fruits et des légumes croulant des étalages se dessine discrètement le délicat contour grisâtre d'un porche... Ils traversent aussitôt en hâte la place ensoleillée, sourds aux cris, aux appels enjoués des marchands, et vont se planter là-devant, la tête levée vers les saints aux visages aplatis, aux membres mutilés... Ils se détournent avec une moue de dégoût de ces vitraux hideux... Quelle dégénérescence, quelle vulgarité... Comment se fait-il qu'on ait permis?... A quoi servent les Beaux-Arts?

Ce regard de connivence avec lui, ce petit air narquois, légèrement supérieur mais indulgent qu'ils ont quand en leur présence un béotien se met à s'extasier, alors qu'il est évident que cela justement, cette partie-là, ce n'est pas mal fait, mais je crois que malheureusement elle a été entièrement restaurée... Et leurs regards aussitôt s'en détachent, s'en éloignent...

Ce n'est pas qu'il ne peut jamais leur arriver... même à eux... il ne faut rien exagérer, il ne faut pas trop demander... dans un moment de distraction ou poussés peut-être soudain par on ne sait quel mauvais penchant, quel bas instinct, de se laisser attirer... Mais dès qu'ils s'aperçoivent qu'ils allaient se galvauder, s'encanailler, ils se reprennent... N'ont-ils pas acquis ce contrôle de soi immédiat, ce naturel parfait auxquels du premier coup d'œil on reconnaît les manières devenues semblables à des réflexes que donne une éducation accomplie?... Celle qu'il s'est appliqué à leur donner... Ne faut-il pas être satisfait?

Mais tout à coup en lui quelque chose s'insinue, glisse, le coupe... leur regard où il y a par moments ce vacillement... comme une inquiétude, une crainte... ces petites vrilles chez eux qui se tendent, hésitantes, timorées... avec quelle circonspection elles palpent, se posent, s'enroulent, enserrent... Mais pas fort, pas comme chez lui, sans adhérer vraiment, toujours prêtes à se détacher, un peu flasques, un peu molles, facilement entraînées... Il a envie de les saisir et de les tenir appliquées de force... là, restez-y, puisque vous l'avez choisi, puisque ça vous a tentés, puisque vous aimez ça... Qu'est-ce que ça peut faire que ce soit restauré? Qu'est-ce que ça fait que ce soit une copie, puisque tu trouves ça beau... Si tel est ton sentiment... Et eux aussitôt levant la main comme pour se protéger... Mais je ne trouve pas ça beau du tout, quelle idée... Ça je l'avais vu tout de suite... Ce n'est pas ça que je regardais...

Le voilà, le beau résultat. Voilà ce qu'on obtient quand on veut élever ces superbes constructions... quand on cimente, répare, rapporte, choisit ce qui n'a pas mauvais aspect, ce qui mérite d'être conservé, l'héritage précieux venu du fond des âges... quand on s'acharne à le consolider, l'entourer, le surélever, l'améliorer... Voilà à quoi on aboutit : à ces édifices faits eux aussi de pièces rapportées... du trompe-l'œil... du toc...

On finit par ne plus s'y reconnaître, impossible de distinguer en eux le faux du vrai, où est l'original? ou la copie? Il a beau les démonter pièce par pièce, examiner chacune de très près, fouiller partout sans pitié, au risque, mais tant pis, dans sa rage, d'arracher ce qui peut-être était bon, de détruire ce qu'il aurait fallu préserver, il ne parvient qu'à les démolir de fond en comble...

Il avance à tâtons à travers des décombres, il

se perd dans des étendues dévastées, trébuchant à chaque pas sur des amas informes, tournant en rond, cherchant...

Et voilà, il sursaute, il se tend, il lève la tête... vous entendez?... quelque chose enfin d'intact... c'est souple, ondulant, vigoureux, vivant... c'est bien à eux... Il a fait un mauvais rêve, il ne les a pas détruits, pas abîmés, pas même entamés, ils sont forts, de la belle matière sans alliage qui résiste à toutes les atteintes... Écoutez-les, comme ils s'amusent... il lève la tête, une expression de béatitude détend ses traits...

Et l'autre assis en face de lui le regarde avec sympathie... Oui, vous voyez, vous êtes de mon avis... il n'y avait vraiment pas de quoi se mettre martel en tête... Ce sont des rires bien innocents... comme on en a à cet âge...

Il lève la tête plus haut, il se tend plus fort... il y a là-bas chez eux un remue-ménage... La porte s'ouvre et quelque chose comme un de ces poissons d'avril en papier qu'on attache au bout d'une ligne... lentement descend... Il regarde... Qu'est-ce que c'est?... Il entend de légères explosions... il voit se balançant au-dessus de sa tête un écriteau sur lequel ils ont tracé en noir sur blanc : Rires innocents... Il le saisit, l'arrache, le froisse et le cache hâtivement

dans sa poche... Non, pas ça, pas innocents...
pour qui me prenez-vous? Je n'ai jamais cru
ça... La ligne remonte... les rires explosent plus
fort... Et de nouveau au bout de la ligne un
écriteau descend, se balance : Rires moqueurs...
Sa main avide se tend... Oui, c'est ça :
moqueurs. Parfait. Vous les entendez : ce sont
des rires moqueurs. C'est évident et c'est très
bien. Il est bon à leur âge de s'affirmer contre
nous, je trouve ça très sain... Les rires explosent
encore et encore...

L'ami commence à s'agiter dans son fauteuil... C'est peut-être très sain, mais je trouve
qu'ils les prolongent un peu trop, ça devient
agaçant à la fin... Et la ligne remonte de
nouveau, redescend. Sur l'écriteau qui se
balance, chatouille le crâne de l'ami, en lettres
énormes s'étale : Rires sournois... L'ami l'écarte
de la main, mais cela flotte autour de sa tête,
l'effleure, remonte, redescend, se pose enfin sur
son crâne dégarni... il lève la main, il le saisit, le
regarde... Qu'est-ce que c'est? Sournois... Oui,
il n'y a pas de doute : sournois est le mot qui
convient... Il y a tout de même, pardonnez-moi,
il faut l'avouer, dans cette façon de rire, de se
moquer par en dessous, puisque vous recon-
naissez vous-même qu'ils veulent se moquer,
quelque chose de sournois...

Il a l'air effrayé, ce qu'il vient de dire lui a

fait peur, il est prêt à reculer... les drames qu'avaient provoqués les mots « natures médiocres » doivent lui revenir à la mémoire.

Mais ce qu'il voit devant lui le fait se pencher en avant, les mains cramponnées aux accoudoirs de son fauteuil, les yeux écarquillés : une tête qui opine, un visage luisant de satisfaction, un sourire béat... Oui, vous le voyez, j'avais raison, je vous le disais bien : ce sont des rires sournois. Mais ce mot ne me fait pas peur. Pas le moins du monde. Au contraire. Il me ravit. Il faut bien quand on vous démolit, quand on vous écrase, se défendre par n'importe quel moyen. Et la sournoiserie peut en être un, absolument nécessaire. Très efficace. Sournois me convient. Qu'ils soient sournois, ces enfants, qu'ils soient ce qu'ils veulent, qu'ils soient n'importe quoi pourvu qu'ils soient ce qu'ils sont. Pourvu qu'ils existent... pour de bon... Qu'ils s'affirment contre moi s'il le faut, je l'accepte, je le désire... qu'ils me blessent, qu'ils me piétinent, si ça peut leur faire du bien, qu'ils me tuent donc...

Les rires s'arrêtent. Les pancartes remontent. Et eux descendent, s'approchent de lui... Mais quel fou tu fais... Ils lui caressent la tête, ils lui tendent leur mouchoir... Tiens, je ne peux pas te voir dans cet état... Tu ne sais pas quoi inventer pour te tourmenter, pour te faire mal... Qu'est-ce que tu es encore allé chercher? Qu'est-ce que ça veut dire, qu'est-ce que ça peut bien signifier pour nous : Sournois. Moqueur. Innocent?... Innocent, tu le sais bien, ne valait pas mieux. Comment as-tu pu penser que ces mots grossiers à l'usage des autres, des étrangers... ces mots tirés de leurs lexiques, de leurs dictionnaires...

C'est vrai, ils ont raison, comment ces vieux mots sclérosés pourraient-ils retenir, enserrer ce qui sans cesse entre nous circule, si fluide, fluctuant, ce qui à chaque instant se transforme, s'épand dans tous les sens, ne se laisse arrêter par aucune borne... ce qui est à nous, à nous seuls... Quel mot venu du dehors peut-il mettre de l'ordre entre nous, nous séparer ou nous rapprocher?... Tu sais bien qu'ici, entre nous, tous ces mots... On s'en servait pour rire. Pour jouer...

Il sent contre ses joues leurs fraîches joues rebondies, il hume l'odeur de lait et de miel de leur peau, la jeune sève qui monte d'eux coule en lui... il s'arrache à eux, les repousse... Non, laissez-moi. Non, il ne faut pas. Pas de fusion... Il faut que nous gardions nos distances. Je ne peux que vous gêner, que peser sur vous... Un poids lourd. Un poids mort... Et de toute façon, la nature fait bien les choses, un jour viendra, il n'est pas si loin...

Ils posent leurs paumes fermes sur sa bouche... Tais-toi, ne parle pas de ça... Tu sais bien qu'on ne peut pas le supporter... — Bon, bon, je ne dis rien... Mais tu me chatouilles... Il secoue la tête d'un air faussement bougon... laisse-moi, qu'est-ce que tu fais? Il sent dans son cou leurs doigts légers... — Tu les as encore trop laissés pousser... Il faudra absolument que je te les coupe... Mais c'est par coquetterie, tu le connais. Il se trouve plus beau ainsi... Il hoche la tête, il rit... — Que vous êtes bêtes...

Et tout à coup, tant pis, il ne peut l'arrêter, un élan joyeux le fait se pencher au-dessus de la table, saisir la bête dans ses mains, la leur tendre... Tenez, prenez ça. Emportez-la. Elle sera à vous de toute façon. Et moi je n'en veux plus. Vraiment je n'y tiens pas, il n'y a rien, vous le savez bien, à quoi je tienne, sauf à ça... il les désigne d'un mouvement de la tête... à ces petits crétins... Je me demande vraiment pourquoi... Eh bien, qu'est-ce que vous attendez? Vous n'en voulez pas?

Ils ne bougent pas, ils ont l'air embarrassés... — Mais tu ne parles pas sérieusement? A nous? Mais elle va te manquer... — Je vous dis que ça m'est égal... Et puis je sais...

Elle tend les bras, elle prend la bête entre ses

mains, elle la serre contre elle... — Oui, tu sais que je la garderai, je la soignerai bien, tu viendras la voir... Comme ça au moins... elle agite son doigt, elle lui sourit d'un sourire taquin... tu monteras peut-être chez nous plus souvent, grand méchant loup...

Où est-ce passé, bon sang ? C'était là, il l'avait mis de côté... mais ils s'en sont emparés, comme toujours, pour y chercher Dieu sait quoi, Dieu sait ce qui peut les intéresser... sans rien lui demander, ils se croient tout permis, ils lui prennent tout...

Il grimpe l'escalier, il s'arrête derrière la porte, la main sur la poignée... Mieux vaudrait redescendre, renoncer, ne pas voir, ne pas affronter... Ne pas le savoir... Éloignez de moi... Le cœur lui manque... Mais qu'est-ce que c'est que ces accès de faiblesse, de lâcheté... comme si quelque chose chez eux pouvait encore le surprendre... il ne va tout de même pas attendre qu'ils sortent pour leur demander... il le lui faut maintenant... il tourne la poignée, il ouvre brusquement la porte... Et bien sûr... au milieu du désordre, des disques posés partout, des magazines qui traînent sur le plancher, des vêtements épars... tiens, le voilà, je le savais. Décidément vous êtes incorrigibles. C'est vous naturellement qui avez pris... — Quoi? Qu'est-ce qu'on a pris?... Il se baisse, le ramasse. — Vous pouviez pourtant bien voir que c'est le numéro de cette semaine... J'ai à peine eu le temps d'y jeter un coup d'œil... Combien de fois je vous ai demandé... Mais c'est comme si je chantais... — Bon, je te promets, je ne le ferai plus, je croyais que tu l'avais déjà lu, il traînait depuis plusieurs jours... Mais ne pars pas tout de suite, mais assieds-toi un instant... Il soupire... — Où?... dans ce désordre... Ils s'empressent autour de lui, ils déblaient, ils rassemblent en un tas les disques, les illustrés pour dégager une place sur le divan, et il se laisse tomber... — Attends, on va te mettre un coussin... là... tu seras bien... Il s'adosse en grognant encore un peu et eux l'entourent accroupis sur des piles de journaux, assis en tailleur sur le tapis.

Son regard comme distrait, comme sans rien voir glisse sur les murs, sur les meubles... s'arrête un instant sur le bahut... et se détourne... Oui, elle est toujours là, il a repéré sa masse sombre à la place où il avait aidé à l'installer, reculant, se rapprochant pour s'assurer qu'elle serait bien éclairée par la lumière qui tombe de la fenêtre... Tout en les écoutant, tout en parlant, il l'effleure de nouveau d'un regard absent... des piles de lettres, de cartes postales, de prospectus la dissimulent en partie, posées contre son mufle, contre son flanc... Et sur son dos il y a une sorte de protubérance... Prudemment son regard comme errant au hasard y revient... On dirait un de ces sièges qu'on fait porter aux éléphants domestiqués, mais il lui manque le baldaquin... Il s'efforce de parler comme si de rien n'était, mais sa voix a un son creux, irréel... une voix de revenant... C'est une coupe de couleur sombre... son regard vide la traverse... il la reconnaît... c'est une coquille d'huître géante... pleine probablement jusqu'aux bords de mégots, de cendre, et la bête lui sert maintenant de support... ou plus vraisemblablement... on aurait tort de leur prêter une intention si délibérée, un projet aussi net... ou simplement ils l'ont oubliée après l'avoir posée là dans un moment de distraction, pour faire de la place, ou encore pour l'élever à la portée d'une main tenant une cigarette, qui se tendait, oscillait, cherchant machinalement un objet creux où secouer la cendre... Son regard pudiquement, peureusement s'en détourne...

Surtout ne rien leur montrer, faire le mort... qu'ils le palpent tant qu'ils veulent, le tournent et le retournent, il est insensible, aveugle, inerte...

Mais comment ces ruses enfantines pourraient-elles les tromper? Dès le moment où il est entré, dès qu'il s'est assis, malgré ses regards absents, ses airs distraits ils ont su qu'il voyait tout... ils perçoivent chaque vaguelette, chaque remous de ce qui monte en lui et qu'il retient de toutes ses forces... Mais le voilà déjà qui n'y tient plus, il se lève, il se dirige tout droit là-bas... dans un instant il va étendre le bras, balayer d'un revers de la main les cartes postales, le cendrier, le faire rouler par terre dans un fracas assourdissant... dans le grondement du flot qui par la craquelure qu'il va rouvrir, arrachant brutalement l'enduit qui la recouvre, va jaillir, grossir, déferler sur eux, sur lui, les entraîner cramponnés les uns aux autres, suffoqués, asphyxiés... ils se recroquevillent, ils se cachent la tête dans leurs mains... Et puis, n'entendant rien, ils risquent un coup d'œil et le voient debout près du bahut, sa main tendue vers le dos de la bête, éteignant sa cigarette dans le cendrier...

Ils s'agitent, se bousculent, se cognent les uns contre les autres... Vous avez vu? Mais est-ce possible? Mais qu'est-ce qui se passe? C'est à ne pas croire... C'est la reddition totale, avec armes et bagages, c'est le renoncement, c'est l'abandon... Il a compris enfin qu'il ne lui reste qu'à se soumettre, à accepter l'inéluctable... à

177

détruire en soi toute velléité de révolte, le plus faible résidu d'espoir... sa main s'attarde, écrasant durement le mégot contre le fond du cendrier, ses doigts le triturent, éparpillent le tabac, roulent en boulette le papier...

Et puis il se retourne. Il écarte les pans de son veston, il enfonce ses mains dans les poches de son pantalon et il leur fait face, levant la tête, bombant le torse... Il y a dans son regard une expression étrange, insolite, d'indifférence, de distance bienveillante... — On a tort, vous savez, de maltraiter ainsi ce pauvre animal... Vous devriez tout de même en prendre soin. C'est une pièce assez rare, et qui vaut son poids d'or... Ils sentent appliquée sur leurs visages l'expression de cette brave dame qu'il leur a souvent montrée — elle fait partie de sa collection — qui, plantée devant une toile dans l'atelier d'un peintre en renom, lui a demandé : Et ça, maître, qu'est-ce que ça représente? et s'est entendu répondre insolemment : Ça, madame? ça représente trois cent mille francs... Ils arrachent ce masque grotesque, ils découvrent leur visage sur lequel court l'ombre d'un sourire...

Pourquoi souriez-vous? Vous ne me croyez pas? Moi, vous savez, ce que j'en dis, c'est pour vous... — Mais si, bien sûr qu'on te croit... Ils opinent de la tête, affublés cette fois de ces faces figées par la gravité triste et détachée qui convient aux héritiers en vêtements sombres, assis devant la table du notaire en train de chercher dans ses papiers... Voyons, il y a encore cette pièce de collection... Les experts l'ont estimée à un très haut prix...

Elle se secoue la première, elle se lève, elle court vers le bahut, prend le cendrier dans sa main et le pose à côté de la bête... — Je me demande qui a mis ça là... J'ai beau leur dire... Elle ne touche pas aux cartes postales, elles sont plutôt une protection... Tu vois que tu n'aurais jamais dû nous la donner... Tu sais bien comment on est... Tu nous connais... Tu ferais mieux de la reprendre... Les autres, comme réveillés, se redressent, s'arrachent au bureau sinistre, aux murs couverts de dossiers poussiéreux, s'échappent, émergent dans la lumière, l'air du dehors... — Elle a raison. Tu sais ce que tu devrais faire pour être vraiment tranquille?... tu devrais en faire don à un musée... Pourquoi pas au Louvre? Tu ne nous as pas dit qu'on allait y ouvrir une salle d'art précolombien? Le Louvre, ce serait parfait.

Mais qu'est-ce qu'il y a? Qu'est-ce qui ne va pas?... Mais réponds, mais dis quelque chose... Tu ne veux pas? Pas au Louvre? Pas dans un musée? Non? Tu aimes mieux que nous la gardions? C'est ça que tu veux? Mais parle... Tu préfères ça? Tu voudrais qu'on la mette dans une vitrine, sous clef?... Il secoue la tête faiblement... Non, il ne veut pas... pas dans une vitrine... conservée par piété, par pitié... D'où elle vient, cette statue? Oh je ne sais pas, je l'ai toujours vue là, un souvenir de famille... elle appartenait, je crois, à un de mes grands-pères... Mais ne t'agite pas comme ça, on ne fera rien contre ta volonté... tu vois bien qu'elle serait mieux là-bas... Où serait-elle mieux, allons, il faut être raisonnable, que dans un musée? Mieux soignée, mieux choyée? Vraiment, c'est surprenant... Toi qui aimes tant les musées, hein? Toi qui y as passé le plus clair de ton temps... mais ne rougis pas... de ton temps libre, j'entends... et quand je dis « clair », je ne veux rien dire de méprisant... je dis « clair » comme on dit un temps clair, des moments clairs... lumineux, si tu veux... Ah, vous voyez, il sourit, il comprend...

Où serait-elle mieux à sa place que dans un beau, un somptueux musée, un palais?... Voilà pourquoi on a pensé au Louvre... Ces salles splendides, tu te souviens, ces étendues de parquets de marqueterie luisants, ces hautes fenêtres où s'encadrent les jardins... et ces petites pièces là-haut, intimes comme des petits

oratoires, propices à la méditation, à la prière...
c'est encore là qu'elle serait le mieux, si l'on
accepte de la mettre là... Imagine-la parmi les
donations, les précieuses acquisitions, protégée
comme celle que tu aimais tant, près de la
fenêtre, dans son cube de verre... une tendre
lumière frisante sur son flanc...

Il se recroqueville, il lève la main comme
pour se protéger... comme pour les supplier...
Mais qu'est-ce que tu as?... Non, à quoi bon
insister? il secoue la tête... Non, il ne veut pas...
alors qu'est-ce que tu veux? il faut le dire,
décide-toi... et surtout ne crois pas que c'est
pour nous en débarrasser... le petit vieux que
ses enfants veulent mettre dans une confortable
maison de retraite ne doit surtout pas penser...
nous, tu sais, ce n'est pas notre intérêt, pour
nous, c'est plutôt un sacrifice... tout ce qu'on
t'en dit, c'est pour toi, tu sais... il faut te
décider, au lieu de te faire du mauvais sang... Il
approuve de la tête, sa bouche s'étire en un bon
sourire édenté... Je ferai comme vous voudrez.
De toute façon bientôt ce sera à vous de
décider...

C'est touchant qu'ils soient si préoccupés... ça
montre beaucoup de considération... Vous
voyez comme ils peuvent parfois m'exaspérer...
là, tenez, avec leurs petits rires stupides... Mais

il faut être juste, je ne dois pas me plaindre... Ils sont très gentils avec moi au fond... Peu de gens à l'heure actuelle peuvent en dire autant... Il n'y a pas à dire, ce sont de bons enfants... Vous voyez, cette chose-là... qui vous plaît tant, je voulais la leur laisser, eh bien ils m'ont eux-mêmes proposé, ils ont même insisté pour que j'en fasse don à un musée... Oui, j'ai de la chance. Moi, voyez-vous, j'aurais aimé qu'ils la gardent chez eux... Vivre auprès de ces choses-là, ça fait tout de même une différence... Mais, n'est-ce pas, à quoi bon contre leur gré? Chacun est libre de trouver son bonheur où il veut... J'ai accepté. Il y aura des gens à qui elle procurera des moments... même à eux, sait-on jamais... les choses qu'on a toujours autour de soi, on finit par ne plus les regarder... Même eux, un jour, qui sait?

Mais est-ce possible? Là, dans la file qui attend devant les guichets, cette nuque... Il se fraie un chemin, bousculant les gens... Mais qu'est-ce qu'il fait? ce n'est pas votre place... Il y a toujours des malotrus qui veulent passer avant tout le monde... Non, je voulais juste voir... juste un instant... pardonnez-moi... Non, bien sûr, c'était trop beau... Mais ces rires en cascades derrière lui... il se retourne... Et toute sa solitude, son abandon, toute sa détresse s'étalent sur ces visages inconnus, refluent sur lui de ces rires glacés... Mais qu'y a-t-il? Que s'est-il passé? C'est ce petit vieux là-bas, dans la queue, il a eu une défaillance... Là... ça va mieux? Oui, ce n'est rien... Voilà. C'est passé...

Mais qu'est-ce que tu as? Tu as l'air tout triste, tu as l'air désolé... — Non, pas du tout... Bien sûr, j'aurais préféré que vous la gardiez, mais j'ai tort, je le sais bien... Il ne faut pas être égoïste... Ça vaut mieux ainsi... D'autres en profiteront... Ils lui caressent la tête, ils lui sourient... Il lève vers eux un regard humble, un regard craintif, fautif, d'enfant... Mais vous aussi, n'est-ce pas? Ça vous fera peut-être tout de même plaisir de temps en temps?... — Bien sûr que oui, voyons...

— Voyons, où est-elle déjà? Tu ne t'en souviens pas? Je n'ai pas mis les pieds ici depuis une éternité... — Moi non plus, qu'est-ce que tu t'imagines... De toute façon, elle ne peut pas se trouver dans cette section... On pourra tout à l'heure, s'il nous reste un peu de temps, profiter de l'occasion... — C'est incroyable, tout ce qu'on peut voir, revoir... des choses qu'on n'aurait jamais eu l'idée... quand on fait visiter

Paris à des amis venus de province, de l'étranger... Si je vous disais que sans vous je n'aurais jamais été à Saint-Denis voir les tombeaux des rois de France... Je ne serais pas revenu à Notre-Dame — pourtant je passe devant chaque jour — revoir les vitraux. Et quant au Louvre...

Mais comme ces gens sont attendrissants, comme ils sont tordants quand ils s'arrêtent ébaubis, se figent... quand ils se poussent du coude, chuchotent, tout étonnés, amusés, flattés de reconnaître de loin... comme si à une réception, à une générale ils apercevaient en chair et en os les célébrités dont ils ont vu les photographies sur la première page des magazines... Oh regarde là-bas... le Saint-Jean-Baptiste de Vinci... Et là... Mais c'est le Concert champêtre! Et ici, viens donc voir... Raphaël... Jeanne d'Aragon... Cela donne envie de détourner les yeux, de s'écarter... Aucun danger pourtant, aucune chance de rencontrer ici des amis, à moins qu'eux aussi, les pauvres... que sur eux aussi se soit abattue une de ces corvées...

— Je suis navré de devoir vous bousculer, mais je crois qu'il est temps de partir... Juste un instant pourtant... Nous pourrons gagner la sortie par là, c'est aussi court... Il doit y avoir par ici, je pense, dans une des petites salles sur la droite... une statuette précolombienne... elle appartenait à notre famille... Mais la voilà, tenez, là-bas, près de cette fenêtre...

Ils s'approchent et se tiennent devant elle dans un pieux silence. Les amis se penchent et lisent respectueusement l'inscription... — Tu te souviens quand l'un d'entre nous avait dit étourdiment que c'était une sculpture crétoise? Quel crime! Mon père avait envie de le tuer... hochant la tête... Ah, ce pauvre papa... Mais vous savez que si nous voulons tout voir... Et je suis sûr que vous n'osez pas révéler tous vos projets... Je parie qu'il va falloir aller au Panthéon, faire un pèlerinage au Père-Lachaise... Vous voyez, nous avons encore beaucoup de pain sur la planche...

Leurs rires s'égrènent... Des rires insouciants. Des rires innocents. Des rires pour personne. Des rires dans le vide. Leurs voix font un bruit confus qui s'affaiblit, s'éloigne...

On dirait qu'une porte, là-haut, se referme... Et puis plus rien.

DU MÊME AUTEUR

Aux Éditions Gallimard

PORTRAIT D'UN INCONNU, *roman*.
   Première édition : Robert Marin, 1948.

MARTEREAU, *roman*.

L'ÈRE DU SOUPÇON, *essais*.

LE PLANÉTARIUM, *roman*.

LES FRUITS D'OR, *roman*.
   Prix International de Littérature.

LE SILENCE. LE MENSONGE, *pièces*.

ENTRE LA VIE ET LA MORT, *roman*.

ISMA, *pièce*.

VOUS LES ENTENDEZ ?, *roman*.

« DISENT LES IMBÉCILES », *roman*.

THÉÂTRE :
   Elle est là — C'est beau — Isma — Le Mensonge — Le Silence.

L'USAGE DE LA PAROLE.

POUR UN OUI OU POUR UN NON, *pièce*.

ENFANCE.

Aux Éditions de Minuit

TROPISMES
   Première édition : Denoël, 1939.

Impression Bussière à Saint-Amand (Cher),
le 20 octobre 1987.
Dépôt légal : octobre 1987.
1ᵉʳ dépôt légal dans la collection : septembre 1976.
Numéro d'imprimeur : 2664.
ISBN 2-07-036839-4./Imprimé en France.

42064